記憶中的人與事，隨著年歲，都成了幸福的養分！

李家小舖的
奶酥麵包

顧澄如——著

獻給丹尼、姊姊和妹妹

推薦序

細品人生純樸與美好

國立政治大學外交系副教授、國民黨前副祕書長　黃奎博

某日，我收到了堅拒被稱為老闆娘、但其實是「董娘」的作者來電，跟我提到她的第四本書。

身為一個曾在嘉義市東門町短暫時空交錯的鄰居與後輩，同時也是北京大學物理系高材生趙媽媽東門町鋼琴課前後屆學姊學弟，讓我在這本書中看到了空勤眷舍和竹籬笆外的春天；而且在大人忙著上班或出入忙碌時，小孩們在眷村自得其樂的情況躍然紙上。小時候不懂，長大後慢慢懂得，原來每個人的家庭狀況不同，但享受的人情味和家鄉味卻是一樣的。

書中的故事讓我憶起，小時候也常有父親的同事從水上機場到家中晚餐，母親臨時要端出幾道上得了桌的菜。我還想起，因為飛行員工作的高危險性，隔壁

鄰居又高又帥的年輕叔叔突然再也不出現，接著阿姨就一個人搬走了，根本來不及說再見。

我的這位鄰居大姊後來隨父親公務出國多年，又後來生活中多了另一半丹尼，也就是我異父異母的兄長，事情就是這麼巧。

丹尼退休後的工作「第二春」，包括擔任企業主諮詢顧問、玩樂團、演舞台劇、參加聽書課、學太極等多面向，且是常人所不能及的內容，精力與好奇心完全不輸第一次退休前，而我的這位鄰居大姊扮演了最忠實的觀眾、聽眾、粉絲兼鼓掌大隊大隊長。

他們從台灣、沙烏地阿拉伯吉達、香港，到國外大城觀光旅遊，而且有很長一段時間，丹尼必須邊旅遊邊上班，想必家庭教育的重擔大多時候都在我這位鄰居大姊身上。

他們在多元文化成長下的兩名千金，雖未曾謀面，但看起來是（小時候當）粉絲兼（似乎始終是）修養訓練師。書中寫了許多他們身為家長的「甜蜜的負荷」，我邊笑邊看，但也從中看到了有原則的家教與對小孩的尊重。

這本書是一部跨年雜記，由我這位鄰居大姊的視角描述了從小到大的許多軼事，還有家庭和睦及育子之道。她分享滿滿的回憶，這不僅散播了小確幸，還藉著大時代小故事帶來了許多正能量。

書是精神食糧，此書就像一個沒有過於花俏裝飾或過多調味的麵包，悄悄地在我們身邊出現，我們就把它當作「顧家小舖的奶酥麵包」，一起和我這位鄰居大姊細細回味人生的純樸和美好吧！

推薦序

永遠百分百投入

表演工作坊導演／編劇／演員　丁乃箏

Anney出書了！Anney是作家！Anney是我的高中同學！Anney和我都是從小閱讀《國語日報》長大！Anney是我的老朋友Danny（雷壬鯤）的太太！原來Anney的中文名字叫顧澄如。原來Anney來自眷村。原來Anney在中東成長！原來Anney在香港住了二十年！

人的緣分是有趣的，我和Anney高中就認識了，但我們是怎麼認識的，我一點也想不起來，感覺就這麼認識了。那雙帶著笑意的瞇瞇眼，就是Anney的特色，見到她總覺得世界是善良及誠懇的。Anney和我雖然不是死黨，但是在那青澀年代，認識了就是同黨，不用多解釋。多年後，我的老朋友Danny追到了她，兩人結為夫妻，我又驚又喜，他倆手牽手一起出現，直覺怎麼那麼有夫妻相？我怎麼早早沒想到撮合他兩人？

讀完 Anney 寫的《人生好比粉圓冰》，我才更進一步了解她的成長過程。Anney 笑著對我說：「Ismene，妳一定沒想到我是眷村長大的吧？」我不但沒想到她來自眷村，更沒想到原來賴聲川的舞台劇《寶島一村》中，有一家人的背景即來自顧家（但故事還是虛構的）。

一晃眼，我們都進入到人生的後段班。Anney 和 Danny 再次出現在我的生活圈中，此時的他們已經有了兩個在社會衝刺的女兒。Danny 退休了。在一次聚會中，Danny 被我的姊夫、舞台劇導演賴聲川邀請參與演出《暗戀桃花源》。原因很簡單，Danny 一直就是個有表演才華及表演慾的人，賴導演直覺 Danny 適合演出戲裡的老導演一角。到了我們這個年紀，很多事情無需多解釋，很多決定不必多猶豫，要做就去做。

Anney 對丈夫退休後要參與演出一事，舉雙手雙腳贊成。從此我和我先生 Tony、我姊姊丁乃竺和先生賴聲川及 Anney 和先生 Danny，六人開始了前所未有的親密關係。忽然間，我們不僅是吃飯聊天的老朋友，更是大膽地探討推動其他的人生計畫。在別人眼裡我們已是頭髮灰白的長者，似乎應該喝喝茶、聊聊天、散散步就心滿意足。偏偏我們這群銀髮族體力依舊旺盛、腦袋依舊靈光，各種冒險依舊吸引著我們。截至目前為止，我們還有兩、三個計畫要去進行、推動呢！

《暗戀桃花源》開排之前，Anney 既緊張又興奮的跟我說，他們把每年例行出國旅行的事都擱了下來，一切都為了排戲。在那一長段時間的排練過程裡，Danny 來排練，Anney 就在一旁陪伴照顧。

我說她是 Danny 的經紀人，她大笑說自己不過是個跟班。排練場裡，Anney 總是安靜地坐在一旁，認真的看著我們工作、幫先生做筆記、給先生打氣。她說她最愛的就是做一名旁觀者，尤其是我們這個行業，帶著濃濃的神祕色彩，演員到底在台下練了什麼樣的特異功夫才能上台？她是好奇寶寶，經常來排練場觀察的她，無形中也像是參與了排練，無形中也像一名演員，跟著背台詞、記走位。回家繼續陪著先生排練。他們兩人對走進劇場、投入表演，拿出了最專業的態度，一絲不苟，嚴肅對待。Anney 總是擔心做得不夠，因為在她的生活歷練中，深知每個行業都是專業領導，她除了尊重專業，更珍惜學習的機會。平常，我們一起吃飯聊天時，Anney 經常提出許多問題，關於表演，關於製作，關於創作，關於人生。

排練場在汐止。Anney 愛走路，她規定自己每天要走一萬步。於是當先生來表坊排戲時，她自己一個人可以從住家（忠孝東路信義區）走到汐止的排練場，令我歎為觀止。來排練場看排練時，她像耶誕老人般，經常帶著讓人垂涎三尺的點心請所有人吃。大夥兒看到她踏進公司就知道有好東西。休息時刻，她熱情地和演員朋友天南地北的聊天，什麼話題她都很投入。現在看她寫的第四本新書，我清楚的了解到她平常是如何在自己的生活中做功課，不讓自己停止學習，不讓自己變得無趣，不讓自己跟時代脫鉤。

如果 Anney 問我她適合從事什麼工作？我會說記者，喔不，電視或電台主持人，喔不，企業執行長，喔不，Anney 想做什麼都一定會成功，因為她永遠都是百分百的投入及付出。

Anney，完成《李家小舖的奶酥麵包》之後，還有什麼新挑戰？

別忘了，我們這群銀髮族可是充滿想像力、好奇心和執行力的，我們要不退更不休，直到……

In life, it's not where you go, it's who you travel with. —Charles M. Schulz

CONTENS　目錄

推薦序　細品人生純樸與美好　黃奎博　004

推薦序　永遠百分百投入　丁乃箏　007

那些年，這些事

李家小舖的奶酥麵包　016

東門町的家和媽媽的菜　024

五分鐘熱度　045

親愛的，可不可以不要叫我老闆娘　058

進廠維修稀般牙　070

原來孩子是老師

原來孩子是我的老師 082
談不完的戀愛 089
熊貓眼的擁抱 101
菜鳥滑雪 126
不穿游泳衣游泳的孩子 135

越活越自在

菜鳥初老 146
退而不休阿丹 155
導遊有三種 165

五星vs.不五星 173
慢吞吞地法國菜 184
在瑞士被搶 193
住商混合大廈 199
發呆團 210
後記 234

第一輯

那些年，這些事

李家小舖的奶酥麵包

我跟奶酥麵包的淵源很深。

打從小學一年級開始，媽媽幫我訂了第一份國語日報，每天放學給我五毛零花錢，我就發掘了奶酥麵包。

據說，民國五、六十年代，生活很苦，物資匱乏。但對一個當時在眷村長大的我而言，有爸爸保衛國家、媽媽做老師伴讀、哥哥姊姊包庇，實在難知苦滋味。院子牆外有一條街的菜場，裡面應有盡有。出門轉彎口是雜貨店。旁邊有麵店、租漫畫書店、豆漿店、燒餅店。整個眷村的孩子不是同學，就是哥哥姊姊的同學，或玩伴。生活圈就像是個大家庭。

每天下午兩點，當菜場一個個的攤位全部沖洗乾淨，撤走後，家牆外突然安靜了下來。嘉義東門町眷村，除了遙遠的學校，志航國小之外（原來的空軍子弟小學），就是我的全世界。

五毛錢很大，也是我所有的資產。在當時的東門町，可是有很多的用途，譬如：買零食，玩具，租漫畫書或存起來。我選擇了把錢花在有意義的地方。去轉彎口的李家小舖做常客。

李家小舖就是一個，把自己家面臨馬路的木頭拉門拉開，客廳騰出來做生意的雜貨店。也就是我們年代的Seven（7-11）。江蘇孫伯伯（念「掰掰」）的燒餅店、天津王媽媽麵店、竇伯伯豆漿店、嘉義方塊酥、陶伯伯和林伯伯的診所，都是在自家客廳開業的。

李家小舖不大，差不多三、四坪吧！李伯伯瘦瘦的，個子不高，永遠穿著一件尺寸過大的白色短袖T恤和黑色長褲，操著一口不知道是廣東腔國語，還是哪裡的家鄉口音。李伯伯反應快，動作輕快敏捷。很像現代版的「永和豆漿」店店員，同時可以做八件事，還算錢找錢。可能是天天被一起湧上來、拿著幾毛錢來爭相買零食的孩子們，給鍛鍊出來的。

小舖為了省電，白天不開燈。裡面暗暗的。一進門，就會被左邊大缸子裡的芝麻醬，還有另一個大罈子裡的麻油給懾住。第三個缸子裡盛著散發著濃郁香味的紅糖。在那個時代，要買芝麻醬、麻油、紅糖等，是自己要帶著罐子或瓶子到小舖，由李伯伯拿著秤砣秤重量買的。

那是個沒有7-11、超市、量販店、QRCode，甚至包裝的時代。雞鴨魚肉、蔬菜、水果翻牆到菜場買。米去米店，炒菜油去油店，麵粉去麵粉店，麵條去麵條店買。要買新衣服，就先要去布店買布，再帶著布到裁縫店做衣服。

瓦斯要去瓦斯店叫，再回家等老闆送瓦斯桶到家裡。騎腳踏車或摩托車載著瓦斯桶的老闆，會把新的瓦斯桶直立站在地上，像跳旋轉舞似的，把桶子旋轉轉到我們家廚房瓦斯爐旁邊。先拆下空的瓦斯桶，再裝上滿桶瓦斯的新桶。扛起空的瓦斯桶在肩上，輕鬆的走回腳踏車旁。裝上車子，捆綁好瓦斯桶，再離開。

有了瓦斯，好像充了電似的，家裡又可以燒飯了。當然，媽媽們最不喜歡燒菜燒到一半，瓦斯沒了。這時，就看哪個孩子在旁邊，立刻會被指派，火速去瓦斯店叫瓦斯。除了以上，剩下的物資，媽媽大概都是去李家小舖買了吧！

東門町裡住了大約有四百五十戶空軍眷屬。那裡沒有書店、家電用品店、餐廳、夜市、服飾店、牙醫或醫院。那些都是要到眷村外、進城嘉義市區內才會有。每隔很長的一段時間，眷村裡會在晚上放映露天電影。大家那陣子都期盼著。那可是全村的大事。

李家小舖的「一級戰區」，賣的都是裝在一罐罐大玻璃罐裡的零食。紅白酸梅、壓扁的暗紅帶糖霜橄欖乾、連殼帶毛的血紅芒果乾、吹口哨救生圈糖、五彩小皮球糖、夾心餅乾、孔雀餅乾、鳳梨乾。後來，還添增了有包裝的「乖乖」、「小王子麵」等。

次級戰區展列著玩具，如小皮球、雞毛毽子、玻璃彈珠、跳繩、昂阿標、橡皮筋等。另外還有戳洞抽獎遊戲、小女生的塑膠珠寶等。

小舖門口的一個長方型木頭盤子上，鋪蓋著一塊白麵粉袋蓋布，下面排列著眷村外送來的食物，叫「麵包」。

對東門町眷村的小孩子而言，「麵包」其實是一個很奇怪的食物。我們的父母，十八歲到二十出頭時，來自大江南北。家裡不是吃米飯，就是吃麵條、包子、餃子、烙餅或饅頭長大。之前，沒有人吃過「麵包」。況且，東門町也沒有「麵包」店。

蓋在麵粉袋蓋布下的「麵包」，不知道是從哪送來的？一個叫「豆沙麵包」，另一個叫「奶酥麵包」。每個兩毛錢。

豆沙麵包，試過後，確定完全沒法跟菜市場裡酸梅湯王媽媽每天現蒸的熱騰騰豆沙包、或崔媽媽現炸出油鍋的豆沙炸糕、甚至推著腳踏車來菜場賣的豆沙「糖三角」比。嘴刁了，就直接跳過豆沙麵包。

奶酥麵包長的很怪，像個長滿鬍碴的土黃色饅頭。在乾麵包深層裡的某個角落，會有一坨黃色、硬梆梆的甜餡兒。其中帶著解不開的濃郁奶香，油融融的甜味兒直嵌入心頭。每一口咬下去，會立刻感覺到人生充滿了希望和美好。

白天，或許曾在學校裡被某位霸王女生孤立；或許沒考一百分被集體罰站，輪流被打手心；暑假作業到了最後一天還沒做。全可因一個奶酥麵包而化解，拋諸腦後。

每一口咬下去的奶酥麵包裡，夾著事先用手壓扁、公平分配均勻至海平線的奶酥餡兒。麵包裡壓扁的奶酥餡兒，那就是幸福永恆！

不知不覺的，我變成了兩毛奶酥麵包的鐵粉。每天放學回家後，丟下書包，踩著才沖洗乾淨的菜市場地面。想像在跳幸運格子般。一蹦一跳的，不到兩分鐘就到了李家小舖。

「李伯伯好！」先要向長輩打招呼、但早已迫不及待的掀開了白麵粉布袋蓋布。哈！奶酥麵包就在那裡等著我！交給李伯伯五毛找三毛，捧起永遠不嫌醜的奶酥麵包，就像捧著人間美味。三步併兩步的，來不及跳幸運格子，已經衝進家門。

把剩下的三毛還給媽媽後，滑坐在客廳的茶几下。打開國語日報，啃著奶酥麵包，喝著白開水。人生至此，夫復何求？

六歲的奶酥麵包，啟蒙了我的下午茶人生，和最美好的童年回憶！如今，東門町眷村，一排排日本占領時代留下來的瓦房，我們在那裡成長的眷舍，已被無辜的剷平。唯有我們家那棵最大的芒果樹還留著。老鄰居們很多都搬去了白川町國宅，其他分布在世界各地，李家小舖早已不知去向。但童年的眷村生涯怎麼也不能忘。

或許，那個年代真的物資匱乏、生活艱辛。我們跟著離鄉背井、從大陸來到台灣的父母，和兄弟姊妹們住在一個像大家庭似的眷村裡。裡面就是我們的全世界。眷村裡的任何角落、鄰居家，都像自己家一樣的熟悉、溫暖。

放學後，有李家小舖的奶酥麵包和國語日報陪伴。有玩伴在院子或巷子裡，一起玩跳高、跳繩、跳房、騎腳踏車。

嘉義的夏天午後，每天都會下場大雨。躺在窗邊的榻榻米上，有些細雨潲進窗，好不涼快！聽著下雨聲，伴著偶然的雷聲閃電，不一會兒就睡著了。

過了許多年後，我依然每天下午會找個安靜的時光，吃心中的李家小舖奶酥麵包、白開水。依然愛下雨天，渴望聽雨聲。想念著那無憂無慮、富足美滿東門町的快樂童年。

東門町的家
和媽媽的菜

媽媽是位優雅、講起話來慢條斯理、帶著溫柔京片子的婦女。記憶中，每天晚上，媽媽忙完家事後，不是跟爸爸抱著一大杯濃濃的香片聊天，就是坐在桌前看書、改卷子，或揮筆寫家書。

小時住在眷村時，媽媽除了上學校教書、張羅家中大小事、照顧爸爸的狗貓魚花之外，就是在廚房裡忙碌。感覺上，媽媽並不是熱愛專研美食的達人。她做的一道道菜餚，除了出自於對家人的愛，也是對遙遠家鄉的思念。

當初，她在北大念的是哲學系。十九歲，剛讀完大三。天真的以為跟著新婚夫婿，一位英勇戰鬥機飛行員，離開北京到南方兩個禮拜，戰爭結束後，就可以回北京上學了。怎會想到，「兩個禮拜」，居然是永別了留在北京的姥姥和兄弟姊妹？

一對新人跟著空軍四大隊，奉命從北平南苑機場移防到遙遠的台灣。安置在嘉義「東門町」眷村，國防部命名的「建國二村」。一個歷經戰火摧殘、日本人投降離開後留下來急需整頓的村子。就這樣的，這對新人兩個禮拜又兩個禮拜的住了下來。

當時，國家經濟拮据。部分眷村的日式瓦房和院子，都是一家被隔成兩至三家住。我在家排行老么。待我出生時，爸爸媽媽帶著陸續出生的哥哥姊姊，已在台灣住了十一年。父親當時已升為中校。

我們家被安排住在東門町新生街一巷一號。隔著爬滿紫色牽牛花的竹籬笆，左邊住著陳伯伯、陳媽媽一家五人。院子的右邊牆外，是個晨間熱鬧非凡的菜市場。

聽哥哥說，當時年紀小，不懂為何媽媽常常在黃昏時段，叫哥哥去看看隔壁陳伯伯的吉普車回來了沒有。後來才了解，飛行員的太太們每天最怕的就是下班時候，別家先生回家了，自己先生沒有回家。更害怕的是，先生沒有回家，卻有軍官來按家裡門鈴。

長大後，有次父親給我看，當初跟他在十七歲時一起加入空軍二十一期的同袍，黑白團體照片，在這群年輕帥氣的飛行軍官的頭上，幾乎三分之二都畫上了「╳」。

我問父親，為什麼要在好好的照片上打叉叉？父親說，那些同學都在二十幾歲時，就摔飛機，因公殉職了。有些軍官甚至從未被找到。我問父親，會不會因此後悔加入空軍？父親回答「不會。國家要我去哪，我就去哪」。每次想到父親的話，想到他一生為國家的付出，總是倍感尊敬和驕傲。

被隔成兩家的日式瓦房，院子記憶中比房子大。正紅色、細白條的木頭大門上，架著一個弧形花架。上面長滿了豐盛的、修剪整齊的桃紅色九重葛。前院有四棵高大的土芒果樹、一個魚池。木板做的酷似「史努比」狗屋，和幾十盆肥沃的植物。進了大門後，以十一歲的短腿步伐，步行約二十步，就到了日式玄關門口。

推進淡灰藍色木框的玄關紗門，踏上兩層寬寬的深咖啡色木板階梯。上面整齊的擺著一雙雙的拖鞋。

東門町家中的布置極簡單乾淨。客廳裡有一張三人座、沒有把手、方方的香檳色布沙發。前面放了一張修長形的木頭茶几。房間的另一角，有兩張有把手的單獨藤椅。中間放了一個小茶几，上面擺了一台收音機和黑膠唱片機。

哥哥姊姊常常穿著拖鞋、衣著整齊的坐在那兩個位置上，放唱片聽。搖頭晃腦的大聲唱西洋流行歌曲。客廳面對著一整排落地木頭玻璃窗子和淡灰紗窗。窗外就是院子和土芒果樹。

整個客廳只有一個裝飾品，一個三十公分高的四片小屏風，放在一個牆壁凹槽的木頭櫃子上。多年後，家裡又多了一台四隻腳的黑白電視機。

這台電視機添購的真好！每天晚上，眷村裡的大人和小朋友們都喜歡到我們家來。跟全家一起坐在地板上看電視。擠滿原本清靜的客廳。

客廳旁是一間洗手間。裡面有抽水馬桶、白色小洗臉槽和一個灰色的磨石子洗澡盆。洗手間另一個門推開，在一個不到三坪大的水泥地空間裡，放了一張方木頭桌子、六張椅子。

我們一家就擠在這小小的空間裡吃三餐、做功課、念書、改卷子。同時，家裡還有跟著政府來到台灣、妻小留在大陸的俞叔叔。還有比哥哥大一歲的宗海哥哥，像家人一樣，長期的跟我們住在一起。餐廳裡永遠都很熱鬧。爸爸媽媽喜歡在這裡請客。印象中，家裡常有飛行員長輩們來吃飯。空間中充滿著滿滿的愛和能量。

飯廳的窗子面對後院。窗台上放著一個裝在深綠色帆布袋子裡的軍用手搖電話機。打電話時，必須先搖通總機。由電話另一頭的總機，幫忙連線到想要找的電話號碼或人。一般而言，只有爸爸會用那台電話機。

客廳後有兩間一半鋪著榻榻米、一半鋪著木板的臥室。爸爸媽媽的臥室裡放了一個胖胖的白色冰箱，上面的銀色把手很像個手排檔，往自己方向拉，冰箱門就會打開。五斗櫃上放了一對坐在搖椅上、笑咪咪的外國老先生和老太太瓷器。白頭偕老，在那個時代的空軍飛行員家庭，是多麼高的奢望！

姊姊和我的臥室牆壁上，掛著一張鑲著黑粗框的爺爺黑白照片。那是家裡唯一掛在牆上的照片。

我們三兄妹生長在嘉義，沒有見過當時留在大陸的爺爺和姥姥。東門町大多數的家庭中，也都沒有小孩見過他們的爺爺奶奶或姥爺姥姥。甚至，鮮少有人見過堂或表兄弟姊妹。一場戰爭，拆散了很多的家庭。

當時的東門町眷村，就是一家家年輕、來自大江南北、操著各省不同口音的家庭。在台灣出生的、眷村「外省」小孩對於「家鄉」的概念非常模糊，唯有在長輩聊天時，湊在一旁睜大著眼睛，努力的聽和想像，那很遙遠的家鄉故事。

照片中的爺爺是位上海銀行家，身著長袍馬褂，有點兒發福。平頭短髮，濃眉，單眼皮，鼻子挺拔，嘴角掛著淺淺的淡定笑容。雖然，我們只能靠著一張照

片認識從未見過面的爺爺，感覺卻是跟爺爺非常親。奶奶是東北人，在父親十一歲的時候就過世。

父親來到台灣幾年後，輾轉聽到爺爺過世的噩訊。每天晚上睡前，爸爸只要沒有在外駐防，總要站在我的小床邊，對牆壁上的爺爺遺照行三鞠躬，恭敬的禱告很久。我知道爸爸把爺爺的照片掛在我們房間，是希望爺爺保祐我們。

在日式房子後院，哥哥有一間自己的小房屋，裡面養了二十幾籠各式各樣的鳥，其中包括十姊妹、藍鵲、鸚鵡、畫眉、白文、黑文等。

據說，哥哥的「鳥師父」是眷村裡的木匠伯伯。鳥師父時常會一大早帶哥哥去家附近的蘭潭山裡捉斑鳩。

哥哥說，每一種鳥吃的飼料不同。鸚鵡吃小米，藍鵲吃肉。牆外菜場賣肉的每家老闆在收攤前，會把砧板上的肉刮下來，放入袋內掛在我們牆內，讓哥哥餵藍鵲。其他鳥吃台糖的咖啡色飼料。哥哥的小屋比較像是一個鳥屋，所以，我很少有興趣去。

後院感覺比前院大。養了幾隻土雞，種了一棵稀疏攀爬在架子上、看來體質脆弱的綠色葡萄樹，和一棵櫻桃很少的櫻桃樹。後院也是洗曬衣服的地方。

哥哥在姊姊和我的臥室窗外的後院，搭建了一個比我們窗子還要高的賽鴿木頭籠子，裡面養了不知多少隻賽鴿。我們的窗景有一半是鴿子籠，包括隨時會飛上紗窗的幾根鴿子羽毛。晚上睡不著時，常會聽到鴿子們此起彼落的「呼嚕」聲，加上隔壁陳伯伯的打呼聲。

我對動物完全沒興趣。但東門町的家，基本上是一個迷你動物園，全家都是動物迷。除了哥哥的鳥和賽鴿，家中從來沒有斷過各式各樣的狗，黃金獵犬、英國牧羊犬、狼犬、台灣土狗、拳獅狗、大丹狗，一隻接

一隻。

那個時代，沒有寵物店，也沒有冷氣。狗毛長長了，在南台灣的夏天容易長狗豆子。媽媽常在夏天的晚上，坐在玄關外面的台階上，耐心的為狗兒清一個一個的狗豆子。

一個寒冷的冬天晚上，家中的大丹母狗，居然在哥哥的房門外，生下了十幾隻小狗。對當時六歲的我而言，看著狗生產，是一個既害怕又奇妙的經驗。全家怕牠們冷，為牠們蓋被，還整晚輪流拿著盞燈，照著狗兒們，為牠們取暖。

大家對有寶藍色眼睛的灰毛波斯貓，印象和感情不深。牠似乎總是來無影去無蹤。我只是很好奇，牠眼睛中間的眼珠會變大變小，十分神祕。院子的魚池裡養過什麼魚，我全然不關心。只知道，我曾經為不小心在院子裡夾死過一隻蜜蜂，做過土葬和祭拜儀式，還道歉流淚。

小時候，我們都吃過自己家土雞生的蛋。土雞是寵物。姊姊說，一回其中一隻土雞突然過世了，他傷心了好久！小白兔、灰兔、黑兔、倉鼠都曾經是哥哥姊姊的玩伴。當然，老鼠籠裡也逮到過幾隻老鼠。日本房子的屋頂上，半夜有老鼠跑來跑去，也是平常的事。

東門町家的廚房顯然是外加的。在餐廳一頭，下兩個台階，蓋了兩間窄長的空間。一間放了兩個有紗窗的木頭櫥櫃、米缸、吃火鍋的古銅煤炭爐、一個小烤箱，角落還有波斯貓的沙盤。另一個空間，包圍著紗窗和紗門，直通後院和哥哥的小屋。這裡有一個大又深的水泥洗水槽和流理台。一個長長的水泥台面，上面放著兩個活動瓦斯爐。瓦斯桶就放在水泥台下面的空間。

在孩童記憶裡，媽媽每天就是在餐廳、書房和廚房裡，忙進忙出。

媽媽為了爸爸的上海口味，每天為全家煮米飯、五菜一湯。偶爾會跟我說：「我是北方人。天天吃米飯真的很不習慣。」

細數媽媽的拿手菜。除了一道本人此生最愛的炒豇豆之外，印象深刻的反而全是北方麵食、西點和甜點。

說起炒豇豆，就想要流口水。媽媽炒的豇豆真是沒得比。豇豆因為醃製過，很酸。媽媽把牆外菜場買回來的新鮮豇豆，洗淨瀝乾後，先切成小丁丁。蔥薑蒜丁嘩啦下油鍋後，翻幾下，加肉末，翻幾下，加豇豆。醬油，米酒，兩把黃砂

糖。一邊炒，一邊拿著鏟子嘗。「嗯……不夠甜，還要加糖。」媽媽會喃喃自語。

在盼望著午後那場雷陣雨，悶熱的嘉義夏天正午。坐在日式平房的木板地上，吹著搖頭風扇，捧著一碗泡著冰開水的熱騰騰白飯，配上一盤媽媽剛炒出爐、還在冒煙的豇豆炒肉末，唏哩呼嚕的，一口豇豆，一口水泡飯，一口豇豆，一口水泡飯……真是人生最高境界的美食！

北方人注重麵食好似香港人講究煲湯。媽媽，只要不煮白飯的時候，每天都可以變出不同的麵食。

在台灣，包子、饅頭、餃子等北方麵食很普遍。北方人吃餃子其實只沾烏醋。有些人喜歡再加幾滴麻油。有些人也會加辣椒油，甚至豆腐滷。有些人喜歡一口咬著大蒜、一口吃餃子。但吃餃子不會沾醬油，吃包子就什麼醬都不沾了。

北方人吃饅頭類似南方人吃米飯，搭配著菜餚一起吃。甚至，乾啃白饅頭也可以充飢。姊姊記憶起，媽媽喜歡在家裡儲備一些特別為夾饅頭和「岔開兒」（燒餅）做的小菜。榨菜、冬菇和豆乾丁，加豆豉，丟在一起炒豬肉末。喜歡的話，也可以加一點小紅辣椒丁。

電鍋蒸出帶著米粒兒的饅頭，中間劃一個深深的口子，夾入榨菜冬菇豆乾肉末，就可以美味的填飽肚子。饅頭（尤其是比較乾了的饅頭）也可以切片炸。金黃炸出鍋的饅頭片，可以配菜吃，也可以沾糖吃。

媽媽最常自己擀皮兒包餃子，大多是以大白菜豬肉末做餡兒。炸醬麵、烙餅、蔥油餅、芝麻醬紅糖燒餅都是媽媽的拿手麵食。北方麵條種類好多，寬的、趁頭又扎實的麵條，比較是媽媽的首選。最可愛的莫過於麵疙瘩和貓耳朵。

麵疙瘩和貓耳朵，聽其名就不難想像其長相。感覺上，媽媽做麵疙瘩或貓耳朵，比擀餃子皮兒、包餃子還要簡單。麵疙瘩，貓耳朵，不曉得為什麼，比較常搭配打滷湯或番茄炒蛋吃。

記得，媽媽先將麵粉或著水，攪拌，揉麵，再蓋上紗布醒麵。之後，將麵糰擀平，像張圓圓的餅。切成等比例的條狀，再切成等比例的丁狀，將其壓或擀扁。每一個壓扁的「丁丁」，用大拇指往前一推、捲了起來，就是貓耳朵前身。將貓耳朵放進滾水裡煮接近全熟，瀝乾，再加入火上的打滷湯或番茄炒蛋，就是打滷或番茄炒蛋貓耳朵。

麵疙瘩似乎更簡單。一樣麵糰，擀成餅狀，切條狀，每條撒點麵粉滾一滾，再將麵條揪成一粒一粒的麵疙瘩。一邊揪、一邊丟入滾水中煮。任何湯都可以取代打滷湯。麵疙瘩、貓耳朵和麵條的口感不同。吃起來QQ的，有嚼勁。圓呼呼的吞下肚裡，會有種幸福的滿足感。

我雖然什麼菜都沒有學會，但小時常常坐在廚房，看著媽媽揉麵、擀麵、切麵糰、撒麵粉、做麵食。一邊陪著媽媽聊天，聽著媽媽的擔憂、想法，閒話家常。

偶爾，媽媽會不經意的講到她想念姥姥。姥爺當初因為愛國，在義務幫助張辛夫做俄文翻譯、去接收撫順煤礦時，火車被炸燬。家人就沒有再見過姥爺。媽媽有時也會提起她在北京的兄弟姊妹。可惜，媽媽五十四歲走之前，沒有見到一直在北京等她回家的年邁姥姥，和她的兩個姊姊、一個弟弟和妹妹。

媽媽很少講的，或許是不敢想的思念。那是我當時沒有失去過、不會了解的情感和鄉愁。直到有一天，媽媽離去，我才懂。但陪伴媽媽擀麵倒是很輕鬆、很療癒。反正媽媽不會嘮叨我，所以感覺好像在聽故事，非常幸福！

媽媽的手指不算修長，白白肉肉的十分可愛。事隔多年，依然清楚記得，媽媽牽著我的小手的溫暖感覺。

媽媽有富貴手。她說是因為當老師，常拿粉筆刺激的。揉麵和擀麵時，麵粉常常會卡進媽媽乾裂的手指皮膚中，看到會很不捨。麵粉會飛到媽媽的髮稍，細白高貴沒有任何斑點的臉龐上，甚至滿身。愛乾淨的媽媽，從不以為意。

不知道北方人是不是比較少喝湯，我們家的湯種類確實不多。記憶中，媽媽最常熬大骨頭湯，加滾切白蘿蔔和新鮮海帶，羅宋湯、打滷湯和酸辣湯。

北方人不太煮雞湯，感覺那是給坐月子的婦女，或需要補身體的人喝的。趕時間時，媽媽就快煮番茄蛋花湯、紫菜蛋花湯，關火前，滴幾滴麻油在湯上。媽媽也入境隨俗，學會了市場魚老闆教的虱目魚湯、魚丸湯。

我不會說台語，小時候唯一會講的台語就是「掃把魚」。我太喜歡喝掃把魚湯了！但不知道國語怎麼說，一直到長大後才知道，「掃把魚」是「虱目魚」。我在想，可能媽媽也不知道「掃把魚」的國語怎麼說。因為，媽媽小時候的北京，應該沒有「掃把魚」吧？

我過去會嫌棄排骨湯裡的海帶很難吃，黑黑、滑滑的，不好看，咬起來有點黏、有點苦。媽媽常會說：「多吃海帶才不會長大脖子。」我們小孩子其實根本不知道什麼是「大脖子」。只是想像那大概很可怕，就只好吞下海帶。這跟碗裡不可以留米粒兒是一樣的道理。因為媽媽說「飯碗裡的飯不吃完，留米粒兒，長大了就會嫁給長麻子的」。

每回媽媽煮羅宋湯時，總不忘提起小時東北家中白俄傭人煮的俄國菜。十九歲離開家人到了台灣後，媽媽亦不忘小時候學會做的白俄羅宋湯，土豆沙拉（北方話「土豆」就是洋芋）、蛋沙拉、沙拉醬、燉牛肉、酸黃瓜、烤麵包等。

聽媽媽說，民國二十年初，「牛」家家道中落，家族分家。姥爺姥姥帶著一家人，從東北搬遷到北京。一路上停頓之處，從來「不需要喝別人家的水、住別人家的酒店」。媽媽到北京時三歲，在一個顛沛流離的時代長大。

我從小愛吃甜的澱粉食物，絕對跟媽媽有關。一九九〇年，第一次陪著父親帶著媽媽的遺照回北京時，聽二姨聊起，她每天都會到家巷口買「糖火燒」（類似沒有放肉桂粉的肉桂捲）回家吃。同時發現，初次見面的大姨、小舅和小姨，全都是澱粉控！

媽媽雖然不是美食達人，但時常會端出絕佳甜食，首選豆沙。媽媽做的豆沙，必須先經過泡紅豆、煮紅豆，用紗布將煮好的紅豆過濾掉紅豆皮多次，最後再將煮到只剩紅豆泥的材料放入鍋中炒。一邊炒，一邊加油和糖。

我其實沒有注意，豆沙成品是做成豆沙包、翻毛月餅或豆沙餅。因為，人生最大的享受，莫過於捧著一碗媽媽做好的豆沙，坐在玄關外的院子裡，大快朵頤。

媽媽在較冷的季節裡，也常做油炒麵。把麵粉放入炒菜鍋裡，乾炒到很熱，再分批加入些許黃油（牛油）、糖、瓜子、黑芝麻一起乾炒。完成後，冷卻裝罐。到要吃的時候，取出半碗油炒麵，加些許熱開水，攪拌成糊狀，再放鬆享用。

媽媽做的甜甜圈和肉桂捲，聽姊姊說，是跟婦聯會裡的媽媽們學會的。而葡萄酒、桂花醬和芒果醬，則是從家中院子就地取材，自己發明的。

媽媽離開時，我剛過二十四歲又八天。剛從美國大學畢業，只差三天，就要跟媽媽在沙烏地阿拉伯團圓。那時，一方面很無助、悲傷；另一方面，必須要堅強起來陪爸爸。畢業回國，剛出社會。好像還來不及懷念媽媽的一切和我的童年，就必須立刻長大。現今想起媽媽常說的話，簡單又富含哲理。「退一步想，海闊天空。」媽媽常勸我們不要為小事而煩惱。

媽媽講過最粗魯的話，「活人不要讓尿憋著。」意思是，事情總會有辦法可以解決，不要跟自己過不去。

媽媽的每一封家書都會提到「女人一定要有經濟獨立的能力」。

父親外調到沙烏地阿拉伯做外交官時，吉達只有一條大馬路，馬丁納路。當時十二歲，唯一的出門樂趣，就是跟著媽媽去逛市集（ＳＵＫ）。裡面有很多小鋪子，包括金子和首飾店鋪。媽媽乘機會教我，「寧可沒有，絕對不買假首飾，要買就買真的。」

媽媽常常教我們禮儀。大人沒有上桌前，小孩不可以上桌。大人沒動筷子前，小孩不能動筷子。吃飯喝湯不可以出聲。連喝水，媽媽都常常提醒，「要杯子拘人，不要人拘杯子。」

媽媽到了中年後，似乎也慢了下來，但依然勤做麵食，每日五菜一湯。有次，媽媽突發奇想，「希望以後有人會發明一種維他命。一天只要吃一粒，就不必做飯和吃飯了！」

在很久、很久的思念以後才了解，原來媽媽一直都在我身邊。媽媽的話在耳邊。媽媽白白肉肉的富貴手，緊緊握住我的手。媽媽炒的豇豆還在冒煙，等待著夏天的那碗冰水泡飯。媽媽忙碌著做了一天的豆沙，就是為了我可以捧著一碗開心的享受。媽媽說的話，寫的家書，用大拇指推的貓耳朵、揪的麵疙瘩、炒的菜、自創的甜品。照顧著一家人、一屋子、一院子的狗貓魚雞兔鼠和花。哪怕那是多麼遙遠以前的片面記憶，幸福又溫暖了一個家，一輩子。媽媽過去常教我們的，「家和萬事興」，長大後更懂得珍惜。

時光儘管不停留，忘記的無奈比想要記起的多。童年擠滿了家人、客人和動物的東門町家。每日忙進忙出，不顧滿身麵粉的富貴手，只願為家人付出一切。媽媽的愛永遠難忘、永遠難忘。

五分鐘熱度

我是個沒有什麼運動細胞的人。小時候，因為怕水，沒學會游泳。賽跑總是開始有誠意、後勁無耐力。任何要用手揮球桿、球拍、射箭、扔鐵餅、投球、打排球、撞球或拍球等，要用不知道是三頭肌、二頭肌，還是手腕、手肘或手指的運動，通通與我無緣。我最怕的就是在同學面前扔比柳丁（橘子）還要輕的大壘球。因為，小妹始終沒有破過自己的紀錄，或扔超過五十公尺的底線。

若是硬要擠出一點什麼體育事蹟，當然也可以。小學六年級時，本人就讀於嘉義志航國小，當時，學校舉行慶祝國慶的活動。小妹曾被指派與其他十幾位同學聯合公演，標榜軍人冒險犯難、犧牲小我完成大我的舞蹈「三軍舞」。初中時，本人因為父親外交工作的關係，在吉達、沙烏地阿拉伯上學。當時，曾經參加過校運的跳高和跳遠比賽。三個人的比賽中，名次總是保持在第三名。到了高一，回到台北，有幸被選中參加一女中禮班的籃球班隊。那一年，小妹坐了一整年候補後衛的冷板凳。如今，小妹完全可以體會林書豪曾經在ＮＢＡ坐冷板凳的滋味。

步入中年，當小腹在站直挺胸時，開始看起來像是懷了三個半月的身孕後，忽然有種重拾運動、挑戰過去體能極限的衝動。於是，我緊鑼密鼓的安排了一系列讓自己感覺年輕、活躍、看起來絕對不像是已經步入中年的運動。在各項體能挑戰中，我發現持之以恆是成功的不二法門。當然，小妹的五分鐘熱度，往往也成了邁向勝利的致命絆腳石。

參加第一堂熱瑜伽課前，友人瑪莎告訴我，在超過攝氏四十度的教室裡做瑜伽，是一種可以讓全身完全放鬆、解放、筆墨難以形容的神奇感受。據說，那不但可以塑身，更可以神速的減肥。更重要的是，在當時，那是全城最「in」的新興運動。不參加就是落伍，遜！我二話不說就報了名，忘了自己不是十項全能的瑪莎。萬萬沒想到，熱瑜伽居然會是一個令人發燒至極盡窒息的運動。

首先，在沒搞清楚狀況之前就一頭栽進一間密閉、攝氏四十度、又在地上躺滿陌生人的空間是錯誤的。那就好比在無預警也無經驗的情況下，莽撞的踏進一間人滿為患的高溫蒸氣室。接踵而至的錯愕、呼吸急促、飆汗，乃至暈眩，是可想而知的。

原本以為瑜伽是一種類似打坐、不必用太多肌肉、和大自然接軌、與拉筋合一的和緩甚至輕鬆運動。進了四十度的教室後才發現，我被自己的無知給愚弄了。在那裡，我見識了一系列的軟骨體操和高難度特技。不知道為什麼要那麼聽話，小妹還嘗試了將身體的一頭，上、下、左、右三百六十度的，帶向老師要求的另一頭。

當老師一聲令下，「接下來這個動作要保持五分鐘不動」，只聞全班立即鴉雀無聲，人們魚貫式的進入了急速冷凍的禪境。唯有一邊不爭氣的小妹，在大聲的淌汗、喘氣和呻吟；其間，肌肉強烈的顫抖聲，甚至還彈射至全場，造成回音。五分鐘不動的最後兩分鐘，小妹的努力和掙扎終於告一段落。這時，靜悄悄的高溫教室忽然傳來一聲轟隆巨響。是本人，五體投地，投降似的墜落在地板上。一蹶不振。

好在，禪境中的同學依舊動也不動的沉醉在假想的孟買豔陽下，絲毫沒有被躺在地上嚴重中暑、缺氧、失水和哮喘的我所影響。小妹當下立即做出了退場機制，承諾自己從此再也不會踏入任何有開高溫暖氣的運動教室。

沒多久光景，小妹在香港中環一家名叫「Habibi」（阿拉伯文：親愛的）的埃及餐廳裡，發現了肚皮舞初級班的招生廣告。這一定是天意！別說餐廳裡的尼波爾侍者或本地食客了，方圓十里內恐怕也找不到一位青少年在沙烏地阿拉伯喝過沙漠的風沙、騎過家裡院子牆外路過的一群單峰駱駝、手抓吃過羊肉飯、聽遍中東音樂的中國人，如在下本人我了吧?!忽然，告別熱瑜伽後的空檔期裡射進來一線曙光。我似乎又找到了新的運動方向。

看過肚皮舞表演的人，大概都曾被舞者的「腰工」所迷惑。一個人的肚皮怎麼可能跟著旋律三百六十度的膨脹、萎縮、萎縮而又再膨脹呢？隨著音樂節拍的快慢，舞者婀娜多姿的體態時而柔軟似蛇蠍、時而快速如擊鼓，忽然強烈似閃電，轉眼又慵懶如瘟貓。

對一個初學者而言，肚皮舞最難的是在於其頭、臉、肩、膀、手、胸、肚、臀、腿，還有腳，在同一個節拍裡全部都要動。但每一個肢體部位所要表達的情緒，使勁或擺動的方式和韻味卻全然不同。有時看似臀部在發電似的顫抖，其實是兩條大腿內斂的在前後猛晃。

雖然年少時在吉達喝過風沙，與阿拉伯友人席地而坐，用手抓過現烤全隻羊肚子裡的羊油飯，但不知道為什麼，我始終抓不住阿拉伯肚皮舞孃所舞出的韻味和節奏。鼓聲響起，一旦在低腰上繫起掛滿金幣的黑紗腰巾後，身體似乎就開始不聽使喚了。滿腦子想要抄襲老師的風情萬種、魅力四射，但怎麼扭就是扭不出來。越是努力，整個人就越是僵硬的像個電池即將耗盡的電動木馬。來電時，抖兩下。可是，大部分的時候都不來電。

和肚皮舞的緣分一共維持了四個月，說不出什麼分手的理由。有一天，好像是新鮮感過了，夏天教室內的溫度令我想起了墜落在地板上的熱瑜伽，就沒再回去了。

但花四個月去認識一種新運動，也不能算太短。不像接著肚皮舞的下一個挑

戰，打網球，一共才上了六堂課，就抱傷下場一鞠躬了。其實，全套的網球裝備都準備齊全了；可惜，小妹還未接過一次對手揮過來的球，就得了「網球肘」。這的確是一場典型的體育悲劇，故事應該是如此寫的……「有一天我去學打網球。句點。」

這些短暫的體育挫折都不打緊，因為小妹這一生最嚮往的也是最害怕的運動其實是游泳。每當見到他人如魚一般，輕鬆自在的在水中前進，就羨慕的要死。若再看到他人在海水中衝浪或潛水，就更巴不得要跳下海加入他們。

我不是沒有試過。可惜，本人的游

泳奮鬥史宛如一個有血有淚、坎坷悲情的連續劇。以致事到如今，小妹還是沒有機會了解，「游泳，對你們而言，為什麼那麼簡單？」還有「深水那邊為什麼不恐怖？」。

靠著游泳圈在嘉義高中的游泳池邊度過童年後，第一回嘗試跳水就差點丟了小命。當時，十二歲，已經隨同父母從嘉義東門町（念「丁」）眷村搬到吉達、沙烏地阿拉伯。吉達全市在那個時代，只有一個准許外國人，包括外國女人，進入的國際旅館游泳池。小妹正值青少年，極力想在一堆大人面前隱藏自己不會游泳的窘境，又迫切嚮往那拋開游泳圈的自由，竟然就奮不顧身地效仿他人將身體扔入水中。

從未想到，事前評估好的「安全落水點」（在淺水區），居然水深不著地、手抓不著池邊！越死命的在汪洋中掙扎，身體越不聽話的往深淵下沉。試著喊「HELP」，只是大口大口的將紅海淡化加氯的水往肚子裡吞。

更糗的是，跳水時因為衝擊太大，居然將新買的，蘋果綠色、在胸前釘著一朵白色太陽花的兩截式游泳衣的上半截沖出頭頂，幾乎漂走。就在此千鈞一髮之計，一位勇敢的男士跳入水中，將本人和本人急速拉回身上的上半截游泳衣撈起，才挽回這條小命。

不知怎麼著，打從十二歲那回「跳水驚魂記」後，小妹好像就得了「淹水症候群」，打死再也不肯靠近游泳池的深水。初、高中一共六年的游泳課，不是謊報生病，就是在淺水中來回踏步度過。

直到這幾年在香港遇到那群同樣在游泳池邊徘徊的旱鴨子朋友，壓抑已久的恐懼和自卑才找到集體治療的出口。幾個人再次鼓起勇氣，共同回到水中。

多美妮卡因為恐懼游泳池的水會跑進她的鼻子裡，所以多年來一直學不會游泳。黛安娜生長在美國的蒙大拿州，是個滑雪高手；但在水中，她全身僵硬，能漂浮卻無法前進。海蒂因為怕喝氯水，拒絕換氣；她又怕水深碰不著地，只好跟我作伴，留在淺水區。蒂琪來自尼波爾，兒時從未游過水，如今，步入中年，初次下水；為了克服恐懼，蒂琪還在游泳課後安排安撫情緒的瑜伽課程，以助紓壓。

打從一開始，大肚皮澳洲男教練就聽不進去我們各自的恐懼。他不斷的用八十歲阿嬷如何克服下水，他的成人學生又如何在三個月內統統習泳成功的例子來激勵我們。教練亦想盡辦法用兒童游泳輔助器，誘導我們抓著青蛙造型的浮板踢水、騎著「義大利麵條」過江。一晃眼，三個月「保證學會」的黃金期即將過去，我們五個「成人」還在淺水區學換氣、憋氣和踢水。

教練那塗滿防曬油又布滿皺紋的臉上終於露出了疲憊與無奈。於是，他請出了一位英國鐵娘子教練，以軍事化的口令，用半個人高的動物造型浮板，硬將我們一個個的拖到深水區，準備換一個磁場來磨鍊我們。我們在心理完全沒有準備好的情況下，被拖到最不想去的「那個」地方。個個的感覺像是驚弓之鳥。大家心裡所想的、能想的，都是如何抓著浮板，蹭到岸邊，再抓著鐵扶梯，爬上岸逃亡。

潰不成軍後，鐵娘子教練又搬出了上方寶典，要求我們各自穿上比我們腳長出三倍的蛙鞋游泳。但，穿著這種蛙鞋是不可以站在水中的，連淺水都不行。教練保證我們，因為蛙鞋很長，我們會神速的從淺水換兩三口氣就游到深水。從此之後，我們一定會神速的、來回的游二十五米。直到有一天，我們連蛙鞋都可以拋掉，自在的靠自己在水中游來游去。

不知道為什麼，自從穿上大蛙鞋的那天開始，同學們即開始集體做噩夢。有天，多美妮卡寄了一封電郵給大家，上面寫著「我已經決定去面對一個事實，那就是，我這一輩子不可能會游泳了。我不想再為上每個禮拜的游泳課而在幾天前就開始做噩夢，也不想再忍受或欺騙自己去克服水跑進鼻子裡的恐怖感受。在這把年紀，我實在不想再抓著青蛙浮板踢水了。祝福妳們！」。

這封電郵似乎道出了大夥兒的共同心聲。當學游泳變成是一種義務；進泳池前走過的冰冷淨身淋浴變成是一種處罰；教練層出不窮的激勵不是動力而是噩夢的故事腳本時，那麼被迫穿上不可以站在水中的長蛙鞋，只能算是壓倒駱駝的最後一根稻草了。不！它真應該算是天上掉下來的禮物！

我終於解脫了！雖然，從小的願望就是能在水中如魚一般的游泳。顯然，每一個人的資質不同、才華有別，搞不好這還跟什麼前世今生扯的上什麼關係呢！也許……小妹上輩子是個漁夫；不，是水手；不，是海盜；不，是海豚。後來……發生了，我就決定下輩子不會游泳了。經過了四十幾年的努力和折磨，我終於坦然的告訴自己，「嘿！沒關係！妳真的盡力了！」承認自己有所不能是OK的。

人到了中年，第一個要學會面對和接受的是自己，學會不要把自己看得太嚴重。真正的愛自己，就會做一切對自己有益、有意義和開心的事情。

習泳不成，本人又一頭栽進了學Hip Hop、鋼琴、爬山、皮拉提斯、廣東話、法語等新的領域。值得肯定的是，小妹是一個充滿浪漫思想、勇於嘗試新事物又有遠大憧憬的女子。敗就敗在浪漫不能當飯吃。憧憬，沒有一步一腳印的下苦工夫實行，最後大不了也只是個憧憬。

不知道是不是終於學會了面對自己，聆聽內在的聲音？是不是不再需要盲目的追求全城最「in」、新的興趣，以證明或詮釋自己？是不是不再在乎什麼「中年危機」、不再畏懼年華老去？還是其實是因為歷經了身體的改變，才真正的了解自己需要的是身、心、靈的平靜？

我不再憧憬 Hip Hop、肚皮舞、彈鋼琴或講法語。我不再報名不想認真學習的玩意兒。浪漫不死，小妹開始在香

港半山上的小徑與大自然漫步；從傳統瑜伽的體位法和呼吸中學習放慢自己。

蟲鳴、鳥叫、風、嫩葉和杜鵑花的甦醒。陽光、空氣和春天的心靈。這裡沒有五分鐘熱度的刺激；沒有大肚子教練督促的聲音。思緒如錯綜複雜的老榕樹，夾雜著感恩的心。靜悄悄的，忘了時間。我想一直走下去。

親愛的，可不可以不要叫我老闆娘？

這是一個身分和稱呼錯亂的時代。

我的中華民國、台灣身分證上的號碼前面的英文字母是「Q」。代號：「嘉義」出生。籍貫欄內填寫著到目前還未去過的家鄉：江蘇，東台。如今，在香港住了二十年，香港身分證上添了三顆星星。代號：香港永久居民。可是，我戶籍和每月自動轉帳繳交的全民健保費和健保卡仍在台北。所以，繞來繞去，我真正的身分其實是個「台北人」。

論外表，本人日益傾斜的招牌小眼睛、塌鼻子、過動的捲髮，還有趨向圓臉的瓜子臉，常常被在地香港人誤認為是韓國人、日本人、新加坡人、加州華人，甚至近年「自由行」到香港的上海人。而每回回到朝思暮想的戶籍所在地，台北市，又常常被誤判為是正港的香港人。誰會想到，一個人的外貌可以代表那麼多個人種？一張臉，居然可以如此之血統混淆？

就在長期被誤認的春夏秋冬裡，小妹倒是有兩個屹立不搖、歷久不衰的非正式身分。每逢台灣有大小選舉，本人政治傾向的身分一定會因為省籍，被各方政客和民調定位為是「外省人」。而一旦到了北京的隆福寺或上海靜安寺旁邊的愚園路上找尋父母年少地身影時，阿拉在當地是個「台胞」。

這些都沒什麼。香港有不少國際小孩，一個人擁有三本以上的護照。他們的身分和國籍可比小妹這個「外省人台胞」要高難度的多了。

一年，本人熱心的報名參加女兒學校舉辦的香港遊台北，小學畢業文化之旅。因為整個行程有周密的規劃，我被分派到照顧五名孩子。原本以為問題不大；沒想到，還沒上飛機，我就已經被這些孩子該用背包裡的哪一本護照出境和入境搞得昏頭轉向了。

在入關前，我先後被前來送行的不同媽媽拉到一旁；千囑咐，萬囑咐，交代著要如何盯住她們孩子在出境香港和入境台灣時，機伶的應變該用哪一本護照。

啊？護照還有分出境和入境的不同啊？

「拜託！他出境香港時要拿出他的香港身分證和ＢＮＯ（英國國民（海外））護照。入境台灣時，讓他用日本護照進關。不過，他的背包裡還有一本澳洲護照和一本葡萄牙護照，若海關有麻煩，可以一本一本地拿出來，以防不備之需。」媽媽甲如數家珍的說。「還有，妳可不可以確定他會把他的四本護照和香港身分證全部都收好？然後，妳知道嘛，回到香港時，他又必須拿出香港身分證和ＢＮＯ護照入境啦！」她叮嚀著。

什麼？我的腦袋一片空白，完全沒聽進去媽媽甲的殷切交代！這時，媽媽乙已經湊了過來，並開始排山倒海地敘述著另外一個版本的多重護照組合。而媽媽丙則在一旁嚴肅又急迫的講解著她孩子的醫療和醫藥史。就這樣地，我跟著畢業班、老師、家長，拉著五個孩子和他們無數本的護照踏上了台灣之旅。

我花了兩個女兒個別的小學畢業旅行、前後至今整整七年的時光去消化這個文化差異。最後，在不得其解的情況下，只能大膽地假設：當時的外國人對台灣的了解實在是太少了。

或許，當時，外國人只知道台灣有個故宮博物院；台灣的立法院（或電視畫面的立法院）裡常上演全武行；還有台灣會有地震。他們可能不知道台灣不但是亞洲少有的民主國家、全民直選總統、人人免費義務教育十二年，台灣還有世界名列前茅又少有的先進全民健保制度。

他們不認識尚未到洋基之後再到國民隊當王牌棒球投手的王建民。吳寶春當時還埋在麵粉堆裡研發「米釀荔香麵包」，還沒得到世界法國麵包冠軍。林育群的〈I Will Always Love You〉還沒 po（post）上 Youtube。台東的陳樹菊女士終日默默的在為行善而努力賣菜，還未被時代雜誌選為全球一百大最具有影響力的人物。

曾雅妮當時才十五歲，沒人料到她有一天會成為世界第一，也是最年輕的高爾夫球冠軍霸主。轟動美國籃壇的「哈佛小子」、台裔美籍的林書豪（Jeremy Lin），當年還在上高中。那時，不會有人想到他會帶來一股「林來瘋」（Linsanity），帶動全球球迷和全台灣為他瘋狂。

或許，外國人不知道在台北市，只要有兩個或以上的人在等捷運，上下公共場所的電扶梯，或在 7-11 買東西，他們就會自動的排隊。外國人不會相信，在台北若不是老弱婦孺，是沒人會坐捷運或公車上深藍色的「博愛座」。車子再擠，博愛座常是空著的。那時，他們也還沒聽到我最近在香港計程車上聽到的幾個廣播電台主持人對台灣的評語。他們說：「台灣真的很可愛，主要是因為那裡的人都好有禮貌。如果你不認識路，有些人還會親自帶你到目的地……」

因為，這些外國媽媽還不了解台灣，也苦了她們擔心害怕到要讓十或十一歲的孩子背著三、四本護照到台灣旅行。這或許對我國人而言是一種迷思，奇特的文化差異。不過，近年來，在台灣，人與人之間的稱呼，對等關係也起了的顛覆性的變化。其中的文化差異，並不見得小於帶著四本護照去旅行。

今天，許多傳統中國人的尊稱似乎已經被外來語、輕佻的稱呼或沒大沒小的暱稱給推翻。稱呼者往往不太尊重或在乎被稱呼者的感受，就任意以主觀的認知，替人命名。

我生長在一個見到長輩要立刻起立鞠躬，以姓氏後面加上「爺爺」、「奶奶」、「公公」、「婆婆」、「伯伯」、「媽媽」、「叔叔」或「阿姨」等，依父母與對方的輩分及關係，來取決我們小輩應該對長者以何等輩分稱呼對方的時代。另外，如碰到兄長、姊姊的同學或朋友，依然要立刻起立鞠躬，以姓氏後面加上「哥哥」或「姊姊」，問候對方安好。而碰上自己的朋友或比自己年紀小的孩子，則可以以全名或小名稱呼對方。至於不認識的人對自己的稱呼，小妹至今的習慣還是停留在被對方稱為是「某小姐」的朝代。

不知道是不是在國外住的太久了，雖然每個月返回台北探親，依然會被突如其來的「暱稱」，嚇得不知所措。到電訊公司辦理手機，大學年紀的男店員稱呼我「姊姊」。去SOGO地下一樓買土產，店員小姐叫我「老闆娘」。回到家，灰斑白髮的大廈管理員招呼我「大嫂」。有一回，心血來潮去看房子，那位素昧平生的仲介先生，知道我姓氏後，居然立刻叫我「顧姊」！幾年沒有住在台北，好像周圍左右多了很多的「親戚」。

曾幾何時，五十歲以上的族群已被媒體隨興的歸類為「老翁」、「阿公」、「老嫗」、「奶奶」、「阿嬤」？好端端的三十幾歲女生要被命名為「輕熟女」？而奔波於家庭、事業、年邁父母及青少年之間的四十幾歲婦女，又叫人家「熟女」？

第一次聽到「熟女」、「輕熟女」，等，名稱時十分憤怒。又不是牛排，為何要將女性分為幾分熟呢？稱呼所有的女性為「小姐」不是很得體嗎？另外，打扮入時、美麗的女性，為何要「加上香料」，稱好好的人家「辣妹」、「辣媽」，甚至「辣嬤」呢？

吊詭的是，在台灣，舉凡政治、商場、有頭有臉或專業的人士，在媒體上都可獲得年齡、性別和外型的「免責（備）權」。平民老百姓則要習慣靠長相和運氣任人稱呼、宰割。高齡八十八歲的陸以正先生在媒體上的尊稱是「大使」，不是「阿公」。六十出頭的陳樹菊女士卻被媒體稱為「台東賣菜阿嬤陳樹菊」。美聲歌手林育群的名字總是被媒體綁上外型，稱他「小胖林育群」。而與陳樹菊女士年齡相當的鴻海董事長，郭台銘先生，則是「郭董」，不是「郭姓老翁」。

令我更驚訝的是台灣近年來推出了一系列與水果、植物、動物，甚至和燈光有關的外來語稱呼。這些奇異的稱呼大多是在形容都會區的某類人物，如草莓族、草食男、素人、敗犬、勝犬、枯萎犬、自強小姐、好人團、閃光、快閃族、月光族等。另外，還有令人觸目驚心的剝皮妹和啃老族。

初次聽到「草莓族」這個名稱，心理其實是一陣暗自竊喜。怎麼會有這麼聰明的人，會發明如此可愛又甜美的名稱，來形容我們家那兩個丫頭呢？後來才了解，「草莓族」歷經多年來的渲染，早已經變成一個負面的形容詞，不公平的意謂著某年後出生、抗壓性低的世代。

不過，在所有的外來語中，我最中意的兩個稱呼是從日語「御宅族」轉變而來的「宅男」和「宅女」。這個標籤實在是不能再更貼切的附和小妹我此刻的心情和生活寫照了。除了早上出門做瑜伽之外，本人是個名副其實的「宅女」。

在這個身分和稱呼錯亂的時代，我始終是個迷失的「素人」。上海長大的父親在二十三歲時，因為愛國，當上了戰鬥機飛行員，帶著當時十九歲在北大剛要升大四的母親，一同離開了兩人的父母、兄弟姊妹、家鄉，隨著國民政府漂流過海，來到了遙遠的嘉義，東門町（「町」念「丁」）眷村。有幸，小妹我在多年後出現，並被賦予了一張「Q」字開頭的身分證。這些年，我似乎一直在父母及環境所傳承的中國傳統和時代快速變遷所產生的文化、甚至次文化的拉鋸戰中，反覆的尋找一個平台、一個平衡、一個自己。

譬如：我始終無法習慣現今坊間的夫妻互相稱呼對方為「老婆」和「老公」。

這就像過去在大陸上的夫妻曾互稱對方為「愛人」，一樣的令我不知所措。

同時，令我震撼的是，「小三」這個名稱每日平均出現在媒體版面上的次數之普遍、頻繁，好像「小三」，婚姻或一對情侶中的第三者，已經把它本質的不合理或不合法性合理化了。

當然，這些倫理統統與本人無關，小妹也不需要在這裡滿口的仁義道德。我只是始終十分納悶，幼年時唯有跟著母親稱呼過嘉義東門町眷村、家中院子牆外、菜市場裡攤位上的每一位女主人為「老闆娘」，為何如今本人也會被人稱為是「老闆娘」了呢？丹尼沒開店，本人也未擺攤啊！

每次向叫我「老闆娘」的人士耐心解釋，為何「我不是老闆娘」，他們都會立即收起笑容、抿起嘴唇，輕輕的嘆一口很長又不知道要跟我怎麼說的氣，再對我拋以八點鐘的斜視。難道……這又是一個小妹不小心錯過的文化差異嗎？

我願意接受自己是已屆退休年齡的大樓管理員的「大嫂」，路上碰到那位可愛小女孩的外婆口中的「姨婆」、仲介的「顧姊」和大學打工男生的「姊姊」。可是，嘉義東門町眷村都已經被拆了，老家不在了。留下的，只有腦海中菜市場裡的各個「老闆娘」依然還在忙碌著。

帶著斗笠、話不多卻笑容滿面、露出滿口金牙的高個兒「老闆娘」，一邊在煎著早上自家剛用米新鮮磨再蒸出來的香吱吱白色米糕。另一邊，她又從容的從一個個陶碗中挖出淡咖啡色甜或乳白色鹹的碗糕，盛給客人。

米糕「老闆娘」的推車攤位對面，正賣著我的最愛，熱騰騰的「呼泥」（粉圓，珍珠奶茶裡的珍珠）！永遠笑咪咪、帶著斗笠的「呼泥老闆娘」，負責當二手，專供補料和洗碗。高瘦帶著斗笠的老闆，阿明，則掌管招呼客人、盛冰和收錢。「阿澄，妳今天要吃什麼？」阿明問。「呼泥！」我答著。

黝黑皮膚的果農「老闆娘」，帶著斗笠，臉的兩側由帽簷內拉出來的兩條刻意的寬布遮蓋著，到下巴下面才打了個蝴蝶結。身著袖長過手指的小花布襯衫，她像個害羞的採茶姑娘似的，坐在鋪著一小塊草蓆的地上。座位前方，整齊的擺著大清早用扁擔挑來的兩個盤式的大竹籃子，裡面盛著新鮮、剛採下來的當季水果。

賣蔬菜的「老闆娘」攤位最大。她不停的徘徊在大片傾斜的木架旁，來回整理排列組合誘人的蔬菜。穿著黑色塑膠長雨靴的漁攤「老闆娘」，站在看似歷盡風霜的破洞黑色布蓬下，頂著穿透空隙的嘉義豔陽，忙碌的在為虱目魚和白帶魚身上撒冰塊。

還有賣辣味小菜的大嗓門兒周媽媽；院子隔牆賣米粉湯、排骨湯麵，辣椒油比誰家的都要辣的四川張媽媽；賣包子和全世界最好喝的酸梅湯的京片子王媽媽；賣黃牛肉夾著廣東口音的清瘦賴媽媽；賣舉世無雙的豆沙炸糕崔媽媽，在腳踏車後座駕著一個方的木架子賣三角豆沙糕和紅糖糕……已因日久而記不起她們大名的個個長輩們。她們才是我心目中的「老闆娘」。那是拆不掉、剷不平的。

無論這是一個身分和稱呼如何錯亂的時代，有些稱呼是無法被取代的。有些記憶是不在乎多麼遙遠都忘不了的。有些人物和她們所代表的光陰，就算是場景換了、鄰人搬走了，始終還是令人想念、珍惜的。

時代真的不一樣了。一個人可以擁有數本不同國籍的護照。住在台北的自強小姐和草食男已經習慣了以水果、植物、動物，甚至燈光稱呼生活周遭的都會人。

親愛的，請你儘管叫我張三、李四、王二麻子、草莓、西瓜、大番薯，什麼都可以。但，可不可以不要叫我「老闆娘」。

進場維修稀般牙

沒有人天生就喜歡刷牙、看牙、洗牙、整牙。或者，晚上不睡覺，半昏迷的站在鏡子前面，穿牙線，清牙床。如果，你的運氣好，媽媽幫你生了一口巧笑倩兮的模特兒美白牙齒。你大概無法經歷，一系列陪伴牙齒成長的精采或驚慘片段。

如果你的運氣和小妹差不多。媽媽幫你生了一口細小、稀疏的牙齒，小暴牙，擺錯位置的虎牙，上下無法咬合的兩排牙。外加，永久失蹤的智齒。同時湊巧，小時候你多吃了兩顆糖。你應該最能體會什麼是滿口的牙套、抽根管、假牙、植牙和矯正器。一群急迫需要被愛的脆弱牙。

自小，我就對那位額頭上套著一個圓洞鏡子的醫生，十分畏懼。那個年代，在嘉義的東門町眷村，沒人聽過什麼每六個月定期洗牙或檢查牙齒的奇怪行為。都是等到「牙齒疼」（其實是神經）到呼天喊地，才會百般無奈的被父母帶去城裡那家「歌林電器行」隔壁，燈光昏暗、氣氛詭異的診所，任其宰割。

接下來的場景大家都應該很熟悉了。

在一盤排列整齊、細長、冰冷的不鏽鋼凶器面前，我們聽到了一連串淒慘的孩童哀嚎聲。針頭、電鑽、老虎鉗和水管，煙霧瀰漫、殺氣騰騰的在「受刑人」的口腔裡，忙碌的進出著。母親緊緊地抓著我的小手，眼睛裡充滿了心疼與不捨。水銀光圈外，站著父親瘦高的剪影，輕聲的安慰著：「待會兒，把拔（爸爸）會帶妳到東門市場去，吃筒仔米糕、桂圓稀飯和杏仁茶！」

電鑽急速轉動著，發出尖銳的聲音，製造出煙霞和燒焦味。空氣中瀰漫著驚慄。

忽然，一切都靜止了！

「克達」一聲。

冰冷的不鏽鋼銀盤子裡，多了一顆生病但不至於被處死刑的無辜小牙齒。在沒有辦法替自己辯護的情況下，就如此犧牲了短暫的生命。

記憶中，每回去看那個面帶殺氣、拿著老虎鉗子的牙醫，都是件逼不得已的痛苦事。

不過，如果是自然脫落的健康乳牙，那可是件好玩兒的鄰里巷內大事呢！媽媽曾經教過我們，下牙床的乳牙脫落時就把它扔上屋頂；上牙床的乳牙脫落時，就丟進家門外的清澈小水溝。媽媽說，如此，新的牙齒就會長的健康又強壯。

那些年，我開心又期待的丟了不少顆乳牙，上我們眷村日式瓦房的屋頂，和門外的清澈水溝。這個儀式非常正式，往往會包括兒時玩伴、兵兵、露露、小荃兒或阿忠的觀禮。對我的成長，可是意義非凡。

可，小妹的牙齒天生還是長得細又小。沒有智齒，再加上接二連三、上上下下被拔掉的蛀牙。所剩下的，美其名也只是一口稀稀疏疏的牙齒。此稱：稀般牙。

為了試圖狂攔講話帶風的窘境，本人曾經在十七和二十五歲，兩度踏入不同的牙醫診所，尋求牙齒矯正。無奈，「稀般牙」在向左走向右走的幾個春夏秋冬後，最終總是因為「想家」，而回到了原位。

直到三十七歲，走進台北天母的一家診所，才發現，長這麼大，上下兩排歷盡滄桑的牙齒，從來不曾被一村子的人如此細膩的呵護著過。

第一次上診所，護士小姐就花了半個小時，站在鏡子面前耐心的教小妹如何刷牙。

原來，刷牙不但要刷牙齒，還要用牙刷按摩牙齦！

什麼？每一顆牙齒的周圍牙齦要按摩二十次?!

牙齒還沒刷到一半，我已經手痠、肩膀痛、口水流了滿面。

那天，沒見到醫生，也沒看到老虎鉗子。小妹拎了一把新牙刷和滿腦子的刷牙教材，心事重重的離開了診所。

第二次上診所，醫師居然為了我的牙齒做了一個幻燈片簡報！那是一個慘不忍睹的會議。才看到第一張幻燈片，我就很想對醫生說：「拜託！請關機！要殺要砍，請下手吧！」在一個陌生醫生的面前，面對自己滿目瘡痍的牙齒幻燈片，還要假裝保持鎮定，是需要高度智慧的。

醫生總結會議的白話文，意思大致如下：

「妳的牙齒咬合不好。上面牙齒暴出，咬合到下面牙齒太深。如果不矯正，以後老了，牙齒統統會東倒西歪，漸漸就會爛掉、脫落。沒有牙齒咬食物後，胃就會壞掉。」

「……胃壞掉後……」他的面色轉向凝重，嘆了一口氣。

我知道。接下去那句話應該是「沒有胃，人生就完了！」。

為了要不要再重披戰袍、矯正牙齒，著實的思量琢磨了老半天。到底，本人已經付出過前兩次的慘痛經驗，有必要再吃一次苦嗎？況且，對一個當時三十七歲的人而言，每天戴著一口發亮大鋼牙，咧嘴面對全世界，應該是再窘態不過的事了。

但為了健康和胃不要壞掉，我還是選擇了再投資三年的時間，把「稀般牙」整理好。想著，有待「交通黑暗期」一過，再次重出江湖拜見江東父老時，小妹必定又是好漢一條。

沒有戴過不鏽鋼牙套矯正器的人，可能很難想像那兩排無知的牙齒，被套牢、鎖緊的痛楚和無助。除了喝水之外，吃什麼，包括入口即化的土司麵包，都會痛的哇哇叫。有時，連講話的風稍微大一點，都會酸痛。那時牙齒已經不是牙

齒，是一個被綁架的身體。口腔也不再是口腔，是鐵刮肉、肉包鐵。一個你永遠不想要知道或記得的血肉經驗。

一回中午，小妹在香港中環士丹利街的一家小麵館，與一桌子的陌生人併桌。點了一碗魚蛋河粉、一盤豆腐乳空心菜。當時，我們剛搬到香港不久。不清楚香港人吃二、三十公分長的空心菜，是不切斷，整條吞下肚的。空心菜才入口，就發現不妙。

本人牙齒的矯正工程，除了每顆牙齒上黏的固定器之外，矯正醫生還在兩側牙齒的上、下、左、右，纏了不少根的交叉橡皮筋。嘴巴因此張不大，也張不太開。完整的空心菜，沒咬兩口，就被左側的矯正器加上橡皮筋給糾纏住。

起初，我還試著很斯文的用嘴和兩頰，像漱口似的左右搖擺、上下轉圈的去移動空心菜。不行。再用牙籤，努力的把剪不斷理還亂的菜挑出來。還不行。這時，併桌的食客們開始注意到本人，不吃熱騰騰的河粉，純剔牙的奇異舉止。

一不做二不休，小妹索性在眾目睽睽下，用手指像拔河似的開始拔菜。沒想到不拔還好，越拔越促使空心菜和矯正器產生「麻花式的交纏」。最終，只好直奔洗手間，照著鏡子，把空心菜半拉半扯、支離破碎的給揪出來。魚蛋河粉還沒吃一口，已經是滿臉的空心菜了。

矯正牙齒的另外一個挑戰是，牙醫和本人身處在隔海兩個不同的城市。當矯正器的鐵絲脫落，刺到口腔；橡皮筋斷了，牙齒開始亂跑等狀況出現時，小妹是沒辦法，從香港半山坐小巴，火速趕到台北天母向牙醫求救的。

好在，矯正醫生也不是個省油的燈。他居然未卜先知的交給了我一把凶巴巴、嘴巴拐彎的全新老虎鉗子，和一整盒直徑不到四分之一公分的矯正橡皮筋！醫師胸有成足的教導小妹如何DIY剪斷牙套上脫落的鐵絲、單手繞那個小到兩個手指尖都很難掌握的橡皮筋、檢查橡皮筋的彈性、改變橡皮筋的麻花綁法等。這應該是只有「海外病人」才擁有的殊榮待遇吧！

再怎麼數，三年的饅頭也終於讓我給數完了！重見江湖的那一剎那，只有一個感覺：輕鬆的好像嘴巴裡的牙齒都不見了。老實說，活到四十歲才第一次混到一口講話不帶風、排列整齊的牙齒，套句我哥的名言，「要不是好面子，眼淚早就流出來了！」

每日按摩牙齦，用牙線，三個月換把牙刷，半年洗一次牙。我就這樣的過了幾年無憂無慮的好日子。

無奈，花無百日紅！一天，當矯正醫生在檢查小妹的口腔時，不疾不徐、略帶哀怨的嘆了一口很長的氣。本人立即感受到大事不妙。

「妳刷牙刷的太用力了！左邊下面最後一顆牙齒的牙齦（牙肉）嚴重下陷、萎縮，骨頭都看到了。如果不做手術填補，以後這顆牙齒和骨頭統統會壞掉！」他說。

當醫生告訴我，唯一補救牙齦下陷的方法是，從我的上齒顎頂端切除一片肉下來，把這片肉移植，縫合在下陷牙齦的部位時，我差點沒從手術枱上滾下來。他接著補充，癒合時間需要兩星期。而且該期間只准喝流質，不能吃其他東西。

「難道，人到中年定期地進場維修、勤做牙齒保健錯了嗎？」我反省著。「為什麼牙齒越修理，毛病反而越多呢？」我感嘆著。

十五年後，從香港搬回台北，有幸認識了一位溫柔體貼又經驗豐富的牙醫，劉醫師。勇敢也順利的接受了牙齦植皮手術和植牙手術。美好的仗或許還沒有結束，但媽媽永遠是對的。那些丟上瓦房、丟入水溝的一顆顆乳牙。辛苦又專業的圓洞鏡子達人們，和一村又一村的醫療團隊。加上平日的盡我所能保養。確實造就了我當今持續在力爭上游的牙齒。

非常感恩媽媽幫我生了這一口「稀般牙」，讓我學習接受自己的美好；讓我擁抱身體，經過時間不斷的改變，而學習著愛護和照顧它；讓我了解，這一切都是那麼的自然和圓滿，就好像是那些帶著我的願望，飛上瓦房和游進水溝的小乳牙，所帶給我健康又強壯的人生一樣。

第二輯

原來孩子是老師

原來孩子是我的老師

我有兩個寶貝女兒，她們的個性南轅北轍。

姊姊從幼兒園、兩歲開始，就在她的小板凳上坐不住。從小到大的老師，不是愛她如己出，形容她像是一隻小蝴蝶，這裡飛飛，那裡飛飛，充滿了好奇心和勇於嘗試新事物的創意，不斷的在尋找想要停駐片刻的小花或肩膀。也有老師天天在聯絡簿或電郵上留言。她的世界裡充滿了想像和浪漫憧憬。上學的目的除了學習、畫畫和設計外，剩下的時間似乎都在努力的找朋友、交朋友。目前臉書上有一千九百二十六個朋友。

姊姊個性善良、感恩、沒心眼，橫衝直撞地活在「自我」的氛圍裡。理財對姊姊來說，是徹底陌生的。她的許多人生學習是來自於跌倒再爬起的經驗。她所想要得到的東西、下定主意要達成的目標，肯定鍥而不捨的努力追求，不成功絕不罷休。姊姊十分愛護妹妹。

妹妹從小就是老師的最愛之一。她熱愛上學，參加模擬聯合國社團、阿卡貝拉合唱團、當學生會主席、自創公益團體為尼泊爾窮苦沒錢上學的孩子籌學費，和參演各式各樣的舞台劇。老師不是安排她演一百六十八歲的老太太，或上台先轉身對觀眾席放個大臭屁的隱士，或唐吉軻德的小隨從「桑丘」，就是演《國王與我》的第三任、沒有台詞、穿著蓬蓬裙的妻子。

她的世界裡充滿了數字，包括露營時哪個同學被咬了七十九，或一百二十二個或多少個蚊子包的數字。十分在乎成績，妹妹在中學考試不理想時，會跟著班上一缸子考試也不理想的同學，集體抱著班級老師克拉克先生的肩膀痛哭。她擅於理財。自認是個書呆子。最珍惜她那貼滿了貼紙和用彩色筆記錄的記事本。妹妹的朋友從小交到現在（大學），目前臉書上有一千六百六十八個朋友。她樂於助人，替姊姊保守了不少祕密。

我之前從沒想像過自己會做別人的媽媽，遑論放棄熱愛的工作和自己的抱負，回家「帶小孩」！現在想起來還是很恐怖！

一開始，還算單純。為了培養感情，妹妹一出生，我們就把姊妹倆放在同一個房間。兩張小床並排放，一直到她們各自離家出門上大學。她們從小的喜好就不同，姊姊喜歡塗鴉，拿著小玩偶，自導自演呼天喊地的戲碼。到朋友家玩，永遠玩不夠，不喜歡回家。妹妹喜歡看書、拼圖、跟在姊姊身邊混、偷吃很多糖果、用心的做勞作或貼紙送給家人或朋友。姊姊總是帶著玩具周遊列國，玩到哪兒丟到哪兒。妹妹不需要提醒，總是會把玩具收好。

她們漸漸的長大一點後，最大的欣慰就是透過隔牆，隱約的聽到姊妹倆晚上關燈後在房間聊天；或下學後擠在洗手間內，一邊研究打扮，一邊傾訴心事；或在長途旅行的搖晃車後座，一個頭搭著另一個頭睡覺；或直到現在見了面還是手勾著手一起走路。

從小學開始，我發現要給兩個不一樣的孩子一樣的時間和注意力，幾乎是不可能的事。因為，她們各自所需要的指導、支援、鼓勵和了解是那麼的不同。

姊姊五歲從台北插班轉到香港的漢基國際學校的小學一年級。當時她是班上最小的孩子之一。努力的適應新環境，熱情的找小朋友玩。老師在上面講課，她在下面話夾子也跟著打開。

小學經歷過霸凌。小一到高中畢業，不斷地在換新朋友。但從沒有一天說過「不想上學」。對姊姊而言，每一天都是新的開始。

十一年級那年，姊姊被老師選為全校游泳隊隊長，帶著隊伍到處比賽，包括到海外。同年，她花了七百個小時，在一項為期十一個月的「個人作業」（Personal Project）上脫穎而出，拿下全年級冠軍。這一年，姊姊特別的開心。

高三畢業前，她如願的考上羅德島設計大學，全美國第一名的設計學府。同時，還獲得美國另外三所大學設計系的四年獎學金。

妹妹從小到大每天開心的跟著姊姊搭校車，上同一所學校。上學對她而言充滿著樂趣。她喜歡每一門學科，連做功課都覺得很幸福。從四歲開始就有一群死忠的小朋友。但在小一和小二時也學習過如何走出霸凌。她很有責任感和使命感，老師在家長會上會誇獎她是個「明星學生」。她如果在大考的前一天晚上接到同學電話，會放下自己K書的時間，花幾個小時教同學如何理解和準備考試。姊妹倆長大後，雖然偶爾會關起門來大聲鬥嘴，卻很少告狀。她們的相互支持和鼓勵是從小養成的習慣。

妹妹從小就懂得察言觀色，照顧身邊的每一個人；盡其所能的製造笑料，或冷靜的解決周圍的紛爭。小學時，每個晚餐她都會站在飯桌前，表演學校當天發生最爆笑或三八的事。笑話講完，賓主盡歡，飯也順便混著不吃了。

妹妹一向崇拜姊姊，認為姊姊是她的死黨。另一方面，她也曾經擔心姊姊青少年期的態度。當時比姊姊瘦小，又矮一個頭，還會暗地裡輕聲的提醒和陪伴姊姊度過難關。妹妹一直有個成績不能低於九十分的魔咒。結果大學進了一所一個學年有四個學期，每個學期只有十個禮拜，週週考期中考，接著考期末考，天天要面對分數的西北大學。如同一部「考試機器」，妹妹不得不學習如何接受和放下對成績的執著。從一開始，當姊姊和妹妹還是嬰兒時，我本以為養育孩子，就像看著食譜做餅乾一樣，照著 Dr. Spock's《育兒寶典》走就對了。

我好像還在安排她們一天可以吃幾粒葡萄、檢查大號正不正常、乳牙有沒有刷好，就忽然開始和小一的老師來回的傳遞聯絡簿了。我好像還在幫她們梳一頭彈簧亂蹦的小捲毛，教她們看見長輩要叫人、問好、鞠躬；姊姊已經開始偷偷的喜歡男生，妹妹煩惱頭髮太捲太毛太多了。我千盼萬盼，以為把她們送上校車去學校，她們就自然會長大，我就自由了。

只怪當初自己太沒有經驗、太緊張。小一的老師才開始轉告五歲的姊姊在班上不專心、愛講話，我已經感覺國難當頭，準備帶著鋼盔，長期抗戰了。

我沒有辦法證明過去三十一年，自己養育、教導或支持孩子的方式是完美的。更不敢對照那個曾經偶爾抓狂、罵人或碎碎念的「媽媽」（小妹本人），是否可以符合《育兒寶典》裡的「標準」教條。我還在努力的試圖了解，做媽媽該如何學習放手和放下。最不容易的是去認知，媽媽所經歷和感受的任何負面情緒，都不是「被孩子害的」。不是孩子「聽話」或「不聽話」、「乖」或「不乖」、「做到」或「做不到」我們的要求和期待所造成的。父母對孩子的任何態度和感受，是父母自己決定的想法，發自於自己的內心，不是孩子造成的。

當孩子長大離開我們以後，更能體會，她們來到這個世界，並不是像當年台安醫院那位婦產科護士所說的「都是討債鬼」。她們比較像是訓練我的耐心、智力、心力、體力；教我珍惜當下和享受做媽媽快樂的老師。做媽媽使我不得不腳不停蹄的跟著孩子一起成長和學習。我的人生，因為有了姊姊和妹妹，而更加豐富完整、快樂、安慰和甜蜜。這本書記錄了自己陪伴兩個第三文化女兒成長的點點滴滴；做媽媽的喜悅、趣味、擔心、焦慮、驕傲、學習和24－7的愛。在孩子離家到國外求學和工作後，初嘗空巢期又面臨更年期的全職媽媽，是如何重新出發，走出自己的新方向。

談不完的戀愛

那天下午，我在健身房的跑步機上快走，看CNN。兩個女兒在樓下，同一個俱樂部，參加游泳隊訓練。

才下課，姊姊就氣喘吁吁、濕答答的跑到我身邊。她滿臉通紅，好像心跳很快似的。「不妙！」我想。立刻停止跑步機、拔掉耳機，準備聆聽。

姊姊緊張兮兮以饒舌速度講了一串好像是很不願意講、但又憋了很久不得不講的重大訊息。

「我的男朋友是A！還有，我們十分愛對方！」（"My boy friend is A! And, we love each other very much!"）

我不知道「A」是誰（本篇男生的名字全部用假名縮寫），當時姊姊十三歲、妹妹十歲。待姊姊把話講完，換到我滿臉通紅。

姊姊妹妹喜歡男生當然是天經地義的事，從小到大我也喜歡過不同的男生。只不過，本人的青少年戀愛史往往是在暗戀或單戀中度過。就算是混到十八歲的暑假，終於等到了初戀，那也像是個短暫的夏令營活動。開學前，就跟「學員」珍重再見了。

一位女生能夠在十三歲就有一個「男朋友」，還會勇敢的說「我們十分愛對方」，頗令小妹羨慕。

但當這位女生是自己九年級的女兒時，擔心都來不及了，實在是有點「羨慕」不起來。

她是如此的誠實，一定是想了很久才敢跟媽媽講的吧?!

「不准！妳太小！」

「A是誰？你們懂什麼談戀愛？」

「現在讀書最重要，不可以浪費時間交男朋友！」

「那個男生名字我聽都沒聽過，誰知道他乖不乖！」

「我覺得上了大學，十八歲以後比較成熟，交男朋友比較適合！」

這些直覺同步湧入我的腦海中，迫不及待地想全部都講出來。但我很清楚，當孩子對我們誠實，我們選擇以直覺回覆，禁止孩子交異性朋友，她只會不再告訴我們任何真相，甚至將「戀情地下化」。那麼，我不僅得不到孩子的信任，更無法知道孩子在做什麼。況且，我應該肯定她的誠實、面對她的成長、鼓勵她跟我分享她的想法才對。如此她在未來碰到問題的時候，才會相信我們，願意來跟我們商量。雖然有百般的不願意，我不得不如此反省。

不記得當初是如何假裝鎮定的做出反應的。透過車子的後視鏡，一邊開車，一邊跟坐在車子後座稚氣的姊姊妹妹一起講解，選擇朋友和交異性朋友所要注意的事情。姊姊是老大，家中第一個表白談戀愛的孩子。千頭萬緒，有說不上來的不捨。

姊姊的這場初戀談的戲劇非凡，流淚的時候應該比甜蜜多。分手變成是天天需要絞盡腦汁的課題。

當分手終於到來，全家都鬆了一口氣。

妹妹自從上了七年級後，必須用電腦做功課。課業比小學重了，在飯桌上講笑話的次數也少了。為了防止孩子在電腦上不小心交到壞朋友、玩不適當的電腦遊戲、看不適當的電腦資訊、荒廢太多時間和朋友聊天，我們規定姊姊和妹妹必須要在房門打開的書房內一起做功課。包括我在內。

一天深夜十一點，妹妹在洗澡，電腦忘了關。我無心的走到電腦前，想幫她關電腦。不關機還好，一看螢幕發現七年級的妹妹好似在跟一位小男生在臉書上約會？天真的他們還約好下個禮拜一，在學校，同一時間、同一地點一同肩並肩的走去餐廳（福利社）買巧克力餅乾。原本，想到兩個孩子約會去買餅乾，真是天真可愛。但因為從來沒有聽過妹妹講起「巧克力餅乾男孩」，加上，她當時才十一歲。我又是一陣臉紅又心疼。

另外，因為從來沒有看過孩子的臉書、電腦、私人信函、日記、書包，連她們的抽屜都不敢翻閱。無意間看見妹妹的電腦畫面，發現妹妹的巧克力餅乾約會，覺得自己好像背叛了孩子，做錯了事。事後立刻跟妹妹表白、道歉。

姊姊從小到大學畢業始終是愛情第一。妹妹則是功課至上、愛情神祕。有一回，我問姊姊，「妳一共交過幾個男朋友？」她老聲老氣的回答，「太多了！數也數不清了！」

「小學一年級的時候，我喜歡過B男生。後來幾年陸續單戀過C、D、E、F、G、H男生。有一陣子，還有女同學把我的姓改成跟C一樣。等到喜歡E的時候，只要在餐廳吃午飯跟他坐在同一張桌子上，我就會歡喜若狂三天。如果我跟他坐相差五張桌子，但在同一排，我就會告訴自己，『今天是我的幸運日（lucky day）！』有次，我收到了E送我的檸檬茶飲料，還把它當寶貝似的存在學校的儲物櫃中一學年。」

姊姊說，到了中學，她會主動的打電話給男生。有時打的次數太多了，怕對方媽媽發現，她還會喬裝成男生的低音聲音，假裝是「男同學」。

另一回，姊姊在飛機上驚喜的碰到了當時心儀的F男生。她說：「我馬上告訴自己，『天啊！這表示我們以後一定會在一起了！』」

學校的李老師在家長會上告訴我們，姊姊在班上常常不是在講話，就是躲在豎立的書本後面畫小人。老師說，站在講台上，一清二楚的可以看見，姊姊畫的小人全部都是有劇情，包括男女主角的浪漫故事。
因為姊姊的感情太豐富了，有一位男同學還曾經把姊姊的故事編成了網路連載愛情小說。
妹妹的初、高中戀情一直都沒有曝光。有一年情人節，妹妹放學後，突然門鈴作響，門外的送貨員送來了十幾個超大的心型氣球給妹妹。第二年的情人節，妹妹從學校帶了九十九朵紅色玫瑰花回家，還把花分送給家裡的每一個人。妹妹一向十分體諒父母，不願意我們擔心、碎碎念。或許也因此，對於氣球和玫瑰花一直是保密到家。
後來有一陣子，妹妹似乎很傷心。她理智又可愛的為自己做了一張很大的海報，上面密密麻麻的列著兩排字。一排的標題是：贊成。另一排是：反對。妹妹跟爸爸說，那是一張分析該不該跟男朋友分手的海報。
妹妹和男友分手期間，我們全家也沒有閒著。姊姊在美國上大學，像是個「情場老手」似的跨海做妹妹的「愛情顧問」。我猛做蛋糕、餅乾，還買了聽說可以吃了就開心的深色巧克力給妹妹打氣。

沒有人在學校或書本上學過如何分手，或者如何在分手後不要悲傷。妹妹在失戀後，除了把自己埋在書本外，就是把剩餘時間全部投入學校的社團活動上。分手後的那一年情人節，妹妹在學生會跟同學們一起包紮了超過一千三百多朵玫瑰花、替幾百位訂花人寫祕密情人卡、做了幾百個巧克力餅乾義賣，幫助自己過了一個不一樣的情人節。

姊姊在美國的四年大學，除了沒日沒夜的設計作品外，剩下的時間應該都在談戀愛。

大二下學期，姊姊認識了一個男朋友。那年冬天，美東的雪下得很大，伊利諾州的雪下得更不小。男朋友遠在一千六百公里外上學。姊姊用身上僅有的兩百元美金，買了張最便宜的來回機票，加上兩段長途灰狗巴士的車票，提著一只皮箱，就從羅德島勇敢的飛到香檳市去會男友了。

我用盡心力在視訊的另一頭勸導姊姊，叫她不要去。告訴姊姊，「要是這個男孩真的喜歡妳，他會追過來的。女孩子還是不要太主動比較好……況且，妳一個人在雪地裡，如果巴士拋錨怎麼辦？」但，愛情的魔力太大了，姊姊聽不見勸導，在雪地裡坐了十幾個鐘頭的兩段巴士，再跳上飛機，終於到了目的地。一到對方的學校宿舍，還興奮的跟我視訊，報平安。

哪知，沒過兩天，姊姊又送了一個悲傷的簡訊，說她和他已經分手了。她在雪地裡拖著沉重的行李箱，沒有錢，正在想辦法去買一張新的單程機票、兩段巴士票，返校。在飛機上，姊姊坐在一個穿著軍服的美國女兵旁，一把眼淚一把鼻涕。女兵全程負責遞面紙給姊姊，一邊安慰，「甜心！不要傷心！一切很快就會過去了。」

大三那年，姊姊終於交了一個父母來自台灣、從小在美國長大的男孩。L，六尺四寸在隔壁的布朗大學上學，一表人材，已經有一份投資銀行的工作，在畢業後等著他去，對姊姊照顧的無微不至。看著姊姊跟L一個月又一個月，幸福的過著他們的「週月慶」，還聽說L開始為了要跟我們溝通而勤學中文，很難不替姊姊高興。一天，姊姊來電郵，語氣平鋪直敘又冷靜，好像在敘述一個朋友的故事似的。「親愛的爸媽妹，我今天跟L分手了。沒有什麼特別的原因。我在他的宿舍時，好像聽到一個聲音在告訴我『妳該離開了！』，我就這樣離開了。」

啊?!分手還可以靠「一個聲音」啊？輪到我，一邊讀著電郵一邊流下了眼淚。藝術個性的姊姊要碰到一個跟我們血源相同、背景和價值觀相似、孝順父母、肯上進又已經有份好工作在紐約等他的男孩不容易。飲恨！幹嘛這次要分手呢?!

姊姊和L分手後動作頻頻。第三天就告訴我們，她「找到了上帝」，受了洗，脖子上戴了一個十字架項鏈。接著又把頭髮染成了幾乎白色的黃色。

信了上帝後，姊姊沒有浪費任何時間。暑假在台北的一家夜店碰到了一位五歲時不熟的幼稚園男同學，立即談了一場同窗暑期戀情。

我苦於晚上為姊姊等門，用盡嚴厲管教策略無效，就問姊姊，「上帝應該有教大家要守時，遵守承諾吧？那麼信了上帝後，晚上去夜店，是否可以守時和遵守承諾的回家，不要讓爸媽擔心等門呢？」她回答，「哦，媽媽，讓我這樣說吧！我想上帝是會了解的。祂也是希望我們要享受人生，好好的玩。上帝也要我們快樂啊！」

接著，大四開始日以繼夜的準備畢業展，在暗房裡洗照片、找工作之外，姊姊又馬不停蹄的交了一個名字已經叫不出來的大三男朋友。畢業典禮那天，姊姊穿著畢業袍，好不神氣。當她拿到讓我們飆淚的畢業證書時，立刻理智的跟小男朋友好言的分了手。到此時，我們已經目不暇給的看著姊姊在十年內交了「數也數不清」的男朋友。不得不又再次的鬆了一大口氣。

妹妹到美國上大學之後，忽然想開了。決定要開始對父母開誠布公，將戀情公開。妹妹理智，凡事有規劃。她的軍師是姊姊。所以，每一個男朋友必須要先給姊姊看過。

我好像也忽然想開了。

有些父母會認為，直到女兒或兒子交到認真的男或女朋友之前，最好不要帶對方回家給父母看。也有些父母會說，如果不會認真，以後不可能考慮結婚，最好不要浪費時間交這位朋友。天下父母沒有不愛自己孩子、不希望孩子好的。直到自己做人父母之前，孩子們可能永遠無法徹底體會父母在他們身上所花的心血。

先生丹尼和我跟所有的父母一樣，希望兩個女兒有天會有好的歸宿。我們鼓勵孩子把男朋友帶回家給我們認識。不想剝奪孩子交異性朋友的權利和人生經驗。讓她們從交朋友的過程中發現真正適合自己的對象是什麼樣子。最重要的是了解他們自己。或許，她們會經歷很多次的交友經驗，才會找到真命天子。

既然要大方認識孩子的男朋友，就必須沉得住氣。記得每一個男孩子也是他爸爸媽媽的心肝寶貝。

因此，我們認識了從A到不知道哪一個英文字母的女兒男朋友。從「我們十分愛對方」到「我很怕分手會傷了他」的種種告白。我們見識了九〇後孩子如何可以從小一開始單戀；如何可以透過網路認識新同學；如何可以雙方冷靜的事先約好分手；如何相信自己內在的感覺而不光是戀愛；如何沒有什麼適合結婚年齡的概念；如何肯定女孩子必須要經濟獨立，靠自己闖下一片天。

姊姊三十一歲，妹妹二十八歲，個別在戀愛中。

I'VE ALWAYS BEEN
AHEAD

熊貓眼的擁抱

（一、二、三章）

第一章

孩子小的時候，世界好像特別的簡單。

你只要每天把她們餵飽，晚上八點哄她們上床睡覺。教她們看到長輩時要叫人、問好、深深的一鞠躬。不上班時，開心的送她們上下學。她們不愛跳芭蕾舞，我也不愛。不願持續學鋼琴，我小的時候也沒有彈完〈給愛麗絲〉。苦撐公文式數學三年。夠了！但，一定要讓她們參加游泳隊，因為我學了一輩子，到了四十歲還是飲恨不會游泳！

教她們不要當眾摳鼻子。把每半年去牙醫診所洗牙當作是去玩耍。預防針記得要按時打。跟她們沙盤演練如何面對各式各樣的陌生人，包括在外面不要相信任何要帶她們去找爸爸媽媽、牽著狗的和藹可親陌生人。剩下的就是丟一堆書給她們讀，選一些可以做白日夢、激發想像力的安全玩具給她們玩。讓姊妹倆同房學習分享、學習吵架、互相支持。請不同的小朋友到家裡玩。就這麼簡單，通通搞定。

那個時候，孩子很崇拜我們，是我們的粉絲。我們講什麼話都是高人智慧、上方聖旨。我們出門在外，孩子會頻頻打電話來。粉嫩的告訴我們，她們在家很想我們，殷切的問我們為什麼還不回家。我們回家時，她們會尖叫「媽咪！」、「把拔！」，爭先恐後的飛奔到門口。緊緊的擁抱著我們的大腿，甚至跳到我們身上。不需要太努力，她們永遠會黏在我們的身旁。

那個時候，孩子希望我們晚上睡在她們的身旁，不要離開。夜裡閃電打雷時，她們會在第一時間衝進我們的被窩。參加學校舞台劇演出時，會大剌剌地站在舞台中央跟我們招手。

「你看，你看，那是我媽媽！」孩子（飾演「路人甲」）興奮的指著台下跟「路人乙」說。

這段甜蜜時光至少可以維持到孩子十一歲。幸運的話，甚至可以一直到高中畢業。一旦荷爾蒙開始發作、作祟，孩子就進入了怪怪的神祕期。

當她們不再在你回家時衝到門口。當換到你在門口殷切的呼喊著孩子名字，她們卻悶不吭聲、不為所動。她們肯定是中了魔咒，正式的踏入青春期。

起初，孩子的改變似乎都是外在的。她們長高了、有粉刺了，要買有肩帶、平板的、練習胸罩了。姊姊要求要穿耳洞了。臉蛋東方的妹妹抱怨，不了解為什麼自己是全校一千八百個學生裡，唯一擁有一頭蓬蓬爆炸式、彈簧捲的中國女孩。姊姊要留長頭髮了。妹妹不願意再穿矯正的黑皮鞋了。最明顯的是，她們從此一進廁所就不出來了。

那是一段青澀又可愛的時期。陸續進入七年級，她們的課業明顯加重，坐在飯桌上的聊天時光開始縮短。同學間有些突然冒高像個大人、有些三年都沒有長高、有些開始交小男朋友或小女朋友、有些經歷霸凌、有些開始變聲音、有些綁牙套，全部都不同步調的在發育。她們也開始參加學校舉辦的舞會，嚮往擁有第一雙高跟鞋、第一件小禮服、第一個男朋友。

不光是孩子對於進入青春期的改變感到陌生，碰到第一個孩子進入青少年的父母也是兩名菜鳥。

大約有十年，姊姊，青少年到大學，祖護自己跟著感覺往前衝，和妹妹的乖巧、懂事是同時發生的。

她們兩姊妹的相處好比兩條手挽著手，結伴同行、相互扶持又截然不同的平行線。

無論姊姊說了什麼、做了什麼，妹妹總是她永遠的支持者。她們了解、信任又祖護著對方。與其說妹妹是姊姊在心情不穩定或衝動時的小軍師，應該說妹妹會悄悄的把門關起來，小聲的在門後跟姊姊耐心地分析她的看法。出了她倆的房間，妹妹總是若無其事的做著妹妹。

換言之，任何人若想要批評或欺負妹妹，姊姊絕對會跟她沒完沒了，甚至不惜決裂。姊姊永遠保護著妹妹。

姊妹倆始終認為對方是自己最好的心靈朋友。同時，姊姊大概是這個世界上最能夠讓妹妹看到她或只要聽到她開始講話，就立刻傻笑、狂笑不止的人。

十年過後，好像現在才恍過神來。了解一種米確實會養出不同的孩子。

一個孩子可能懂得按照社會規範和家規而學習前進。她了解這種模式合理、正確、簡單、會受到肯定。她喜歡也勝任這種態度和行為。她知道父母、家人、師長和朋友都會因此而信任她。

另一個孩子也非常清楚守規矩、聽話，是她應該做的事。她也不了解，自己為什麼總是會跟著感覺走。她從經驗、成功，甚至錯誤或失敗中學習。冒的風險往往比該守的規矩大，更加艱辛。事後，又因為善良、純真而會懊惱讓爸爸媽媽擔心。但依然選擇勇敢走自己要走的路。

我們一路含辛茹苦的拉拔孩子長大。在一旁心驚膽跳、百般提醒。起初，好像這一切都是白費的。後來才發現，孩子全部都聽到了。

姊姊青少年的路走的非常忙碌。善良的她經歷過言語霸凌、被朋友冷凍、換新朋友的日子。另一方面，她開始對男生非常好奇；交男朋友的興奮、難過、快樂、挫折、起伏不定的情緒伴隨著青澀年華。

在升學壓力大的國際學校裡，她開始化妝，嘗試各式各樣標新立異的裝扮。

當姊姊走著她「非主流」路線時，妹妹的朋友都是從幼稚園交到高中畢業的死黨。她周旋於學校社團、學生會、朋友和課業之間，十分活躍。

中學的七年裡，我似乎每天在姊姊下課後都要花半個鐘頭跟姊姊溝通。聆聽她的心情，講道理安慰她。讓她定下心來安排晚上功課和休息的時間表。

每一次溝通，一定在結束前告訴姊姊，我很愛她，再緊緊的把她抱住。這樣的溝通花了十二年。

姊姊常常會在我們的生日，花心思跟著妹妹一起做可愛卡片給我們。

每一次跟姊姊溝通後，一定會單獨再跟妹妹聊天，讓她放心。因為每一個小孩都是獨一無二、特別的。永遠在兩個孩子面前肯定姊姊和妹妹。告訴妹妹，我很愛她，再緊緊的把她抱住。

我亦很努力的安排單獨和姊姊或妹妹約會的時間。我們一對一母女的約會就是去香港的茶餐廳吃下午茶。回到台北時，就去永康街的「小珍珠」買麵包、「烘培者」喝咖啡，孩子喝牛奶。那是我們最快樂的時光。

妹妹很貼心，不願意我們擔心她。直到出國去上大學前，幾乎任何事都是報喜不報憂。

妹妹的青少年時期有一個公開的煩惱：她的三千煩惱絲。她非常羨慕所有的東方女孩都有一頭直又飄逸的長髮。不管大家如何欣賞她一頭個性又可愛的自然捲髮，還是天天想盡辦法要把頭髮弄直。

一天，妹妹回家說：「麥可斯今天好討厭！他說，××（妹妹的名字）有太多頭髮了。如果你朝她的方向投一個棒球，掉在她的頭髮裏面都會找不到的。」

起先，我們嘗試用各種不同膏狀、油性、泡沫類的護髮產品，放在妹妹的頭髮上，試圖幫助妹妹把毛躁的頭髮轉變成柔順的髮絲。

接著，我們又嘗試用大大小小的捲筒梳子、插電熱夾子、大探照燈式的吹風機，試著拉直妹妹蓬鬆又彈簧的捲髮。各式各樣可愛的夾子、綁頭髮的產品，都找來幫助壓平和裝飾妹妹的頭髮。

但妹妹每天還是需要花一個鐘頭在頭髮上。早上比全家起得早，整理頭髮。經過多年的努力，所有的嘗試都不成功後，才十分不捨的答應妹妹，帶她去燙直頭髮。

那是一個一年兩次、八個小時，滿頭頂著板子、錫箔紙、藥劑、蒸氣的大工程。但妹妹似乎非常享受，甚至期待其中的辛苦。頭髮的轉變不但帶給妹妹自信，也省去了她每天在廁所拉直頭髮的時間。

第二章

姊姊從十一歲開始就持續的嘗試不同的造型。一旦有了兩個耳洞後，人生似乎就踏上了耳洞不歸路。

十三歲時，從小太陽花、小星星、心型的耳環起步。很快地就進階到手掌大小的呼啦圈耳環。十八歲時，自己給自己的禮物已經是在耳朵兩旁從上到下扎了一排耳洞。之後，又在外耳軟骨戴上了耳環。

姊姊曾經安慰我說：「媽媽，我也考慮過要在肚臍眼上也扎一個洞，後來改變主意了。還有，媽媽，妳放心！我不會在舌頭上扎舌環。因為我太愛食物了。」

最近，姊姊還加了一個鼻環，夾在兩個鼻孔中間。我告訴她，那個叫做「牛鈴」。

我長期的在跟姊姊拔河。她和妹妹都是伴著網路資訊長大的千禧孩子，我不同意姊姊如此早熟，隨波逐流。十四歲時，姊姊大聲的抗議說：「妳不懂！人生就是追逐流行！」

那時，姊姊開始偷偷的化妝。有次在廁所裡拿起爸爸的刮鬍刀嘗試修眉毛，結果把右邊的眉毛剃掉了一大半，還流了不少的血。

到了十七歲時，姊姊已開始每週花所有的零用錢（兩百塊台幣）換不同顏色的隱形眼鏡。第一次看到她的眼珠子是灰色的，嚇得我說不

出話來。

到了十八歲合法年齡，姊姊開始去夜店和派對。同時，戴起又長又密的假睫毛，穿上只有張惠妹會了解的高跟鞋。

姊姊的頭髮在大學時期起了很大的變化。每一回，她從美國放假回家，我們都會十分震驚。

一開始，她是花九元美金買染髮劑，將自己頭髮染成咖啡色。後來再嘗試橘紅色、紅色。接著，開始嘗試把一邊的頭髮剃成圖案。最後，乾脆一不做二不休把圖案的那一邊頭髮剃光。也就是，一邊有漂亮的

頭髮，一邊沒有。

大三寒假回家，我們興奮的到香港機場接機。老遠看到從機場裡走出來的姊姊，染了一頭接近白色的金黃頭髮。我的心臟幾乎停止。

自從在十三歲給姊姊買了那對小太陽花的耳環後，她之後的所有造型和改變都是先斬後奏。

大二寒假回家。下飛機時，姊姊從大老遠看到我們就誠實的把雙手舉起來，有一點像投降的模樣，但又好像很興奮的要告訴我們什麼似的。

見面開心的擁抱後，姊姊又舉起雙手說：「媽媽，妳看！」

我完全不敢相信我的眼睛！「姊，那是貼紙嗎？」

「不是，媽媽，是刺青啊！」

我幾乎要七孔出血，哭出聲來，但還是不願意相信的問：「這……洗得掉嗎？」我捨不得的一邊看姊姊細嫩的皮膚、一邊心痛的摸著她的刺青。

「洗不掉啊！是永久的。我為什麼要把它洗掉呢，媽媽？」姊姊說。

「為什麼要在右手內側刺那麼多條粗粗的長短線條？」「痛不痛，姊姊？」

「不痛！」

我一直在忍耐眼眶中的淚水。

「這是達達主義。在第一次世界大戰時，這首反戰詩被刪掉了。這些線條就是一條條刪掉反戰詩的痕跡。」

我在想，「反戰就反戰，幹嘛要把刪掉詩的線條刺在自己健康美麗的皮膚上呢？不是身體髮膚受之父母，不可毀傷嗎？」

「那另一隻手的內側為什麼有一個粗粗的圓圈？」

「哦！這代表著團圓，家和萬事興。媽媽，是妳從小教我們的啊！」

換到我完全舉手投降了。眼淚飆出。

回家的路上，我很努力的告訴自己，孩子好不容易回家，絕對不要沮喪、難過，凡事往好處想。我們要珍惜在一起的短暫時光。看著寶貝孩子的皮膚上的刺青，非常非常的心疼。我阿Q的安慰自己，「至少，姊姊以後不會嫁進一個『虎婆婆』的家吃苦了。因為，沒有『虎婆婆』會接受刺青媳婦的。」

之後有一天，姊姊和妹妹躺在床上聊天。姊姊一翻身，我看到了她身上有另外兩個黑色的陰影。馬上緊張的問姊姊，那是什麼？姊姊很不好意思，吞吞吐吐的說：「那是兩個在十六歲的時候刺的刺青。」

姊姊在大學畢業後，從台北拎了兩只皮箱，一個人飛到紐約去找尋夢想。在實習一年，找到一份正式的設計師工作後，她給自己的禮物是多一個刺青在她左邊的膀子上。這回，我慎重的重申，每一個刺青都是爸爸媽媽胸口的痛，絕對不要再刺青了。姊姊終於答應了我。

其實，當初最困難的恐怕不是面對姊姊的刺青，或金黃頭髮，或是情緒起伏。而是，去夜店。

沒有人告訴過我，擔心煩惱是沒有用的。

姊姊從十八歲開始，每一個暑假回到台北，在不同的公司認真又努力的實習。同時，寒暑假每週三、五和六必須上夜店報到，直到大學畢業。如果有朋友生日，要離開台北，還必須加碼上夜店的次數。

因為姊妹倆不在台北長大，在台北沒有朋友。姊姊會自己跑到夜店裡去找與她同年齡的華僑或 ABC 青少年做朋友。

夜店不可怕，朋友的孩子們也都喜歡去夜店。可怕的是夜店都是從凌晨十二點、甚至一點後，才正式開始。就怕孩子交到壞朋友、碰到壞人、接觸到不好的東西，包括喝了被人下藥的飲料。

我做過市場調查，包括妹妹和大部分的青少年都會在半夜兩點半左右回到家，上床睡覺。

但不是姊姊。

一開始，姊姊試過假裝晚上十一點就在家打呵欠，說很累，先去睡覺。後來發現，她是把床鋪上的被窩布置成一個假人在睡覺的形狀，等我們就寢後，再偷溜出門。

後來，我們經過商量，達成共識：同意誠實是最高的原則。姊姊夜晚出門前就會再三打包票，手機一定會開機，四點前一定會到家，如果有事，一定會打電話或發簡訊回家。

但除非她生病了，或第二天（比方說禮拜四）要上班，姊姊沒在天亮前回家過。我那四年的寒暑假，不知是怎麼熬過來的。

有一個爸爸告訴我說，他跟他的女兒說：「妳如果在兩點後回來，我就把大門鎖起來，不讓妳進門。」另一個爸爸告訴我，他會躲在夜店外面的草叢裡，確定女兒從夜店出來時沒有事，再假裝開車出現，接她回家。有一個媽媽告訴我，她讓小孩從十六歲就開始去夜店，先有兩年的夜店和酒精洗禮。如果有任何狀況，起碼家在附近。如此，等到了國外上大學，他們不再會因為派對裡的酒精或總總情況而迷失。

第三章

每一個姊姊去夜店的夜晚，我都無法入睡。妹妹一個禮拜會去夜店一次，總會在兩點半左右回家。妹妹回家後，我不敢再看鬧鐘。輾轉反惻，假睡，最怕的就是窗簾外的光線開始不再黑暗，黎明的曙光漸漸透進窗沿，姊姊還是沒有回來。眼睛閉著，耳朵卻完全開著，等候著門鈴，想像著手機傳來的簡訊。

我們不是沒有斥訓過孩子、不是沒有給姊姊和妹妹宵禁令、不是沒有管教，更不是沒有試圖了解，持續的跟孩子好好的溝通。

每一晚姊姊回家，稚氣臉上的熊貓眼都花了，滿身夜店裡的菸酒味，眼睛充斥著疲倦的血絲。她總是帶著非常抱歉、內疚，不願面對我們的眼神進門。一個側頭擁抱，「媽媽，對不起！」就溜進房間了。現在回想起來，姊姊當初那粉嫩可愛的模樣，就是嚮往自由的跟朋友們出去玩。

外子不忍我長時間，每週三、五、六，甚至更多次的等門。第二天他不上班的夜晚，我們倆偶爾會輪流睡覺、等門。

我問姊姊，為什麼大部分小孩半夜三點前都從夜店回家了，她三點後去那裡呢？還有，為什麼禮拜三晚上要去夜店，第二天不是要上班嗎？

她說：「媽媽，妳不了解，禮拜三是『淑女免

費夜（Ladies Night Free）』。」「夜店實在是太好玩了。那裡有最棒的音樂，DJ現場表演，和朋友在一起跳舞，好好玩！」「我們玩到差不多四點，還會再去第二攤。」

「什麼是第二攤？」

「就是去K啊？」

「什麼是K？」我開始感覺要窒息。在想，「K」是不是K他命？

「K就是KTV啊？」

「可是姊姊，妳也不會唱國語歌只會唱英文歌，去K幹嘛？」

「去幾次就會啦！」

「我愛台妹，台妹愛我。對我來說林志玲算什麼?!我愛台妹，台妹愛我。對我來說侯佩岑算什麼?!」姊姊開心的唱著。「我們在K會點牛肉麵吃。」

「你們在K唱歌一定要唱到天亮嗎？」「為什麼不能夠早一點去、早一點準時回家？為什麼不晚上，比方說，八點去？」

「不知道。媽媽，我們都是沒有事先計畫的。大家決定去哪，就去了。一個地方不好玩，我們就換到另外一個地方。但我們唱的差不多，就去永和豆漿吃燒餅油條。然後大家就回家了。」

我很肯定，姊姊一定是那個一個禮拜有三到四天晚上（早上）關夜店，接著再關K大門的女孩。她也必定是開永和豆漿大門的女孩。

姊姊回家後，已經精疲力盡。留下兩片長長的假睫毛在洗手枱上，懶得洗乾淨，印在白毛巾上的黑色眼線，帶著熊貓眼、大紅口紅，倒床就睡。一旁的妹妹完全不為所動，視為正常。

我曾經想盡辦法讓姊姊無法去夜店。一個禮拜給她五百塊台幣零花錢，那是包括她暑期實習買午餐、買手機儲值卡的所有費用。結果，姊姊還是想到了辦法進夜店。

她回來的時候告訴我，「媽媽，妳知道嗎？人生最重要的事就是認識關係。」

我不知所云。

「妳只需要認識夜店門口的保鏢就行了。」（All you have to do is know the

bouncers.）

「為什麼要認識門口的保鏢？」

「他們都跟我熟了，覺得我是很可愛的小妹妹。其他人進夜店要五百塊，我進夜店都是免費的啊！」「而且，他們還會保護我的安全。」

我聽了差點沒去撞牆。

現在回頭講起來可能很好笑，覺得姊姊好可愛。但當時我只要碰到週三、五、六，外加姊姊去派對的夜晚和清晨就很焦慮。這還不論，平日晚上姊姊也要出門，到茶街跟朋友聊天到半夜回家。

當時，我買了很多的書參考，請教了很多的媽媽朋友。還把洪蘭教授的書《理直氣平——勇於改變才會進步》，從頭到尾重複的看了一遍又一遍。

每每讀到洪教授所列舉黎巴嫩詩人紀伯倫（Kahil Gibran）的那首詩時，總會忍不住的淚流不止。

洪蘭教授《理直氣平——勇於改變才會進步》第十三章「他們的靈魂住在明日之屋」，二〇一頁，紀伯倫的詩：

你的孩子不是你的孩子，他們是生命自己的孩子。
他們透過你來到這個世界，他們卻不屬於你。
你可以給他們你的愛，卻不能給他們你的思想。
因為他們有他們自己的思想。
你可以提供他們身體的住屋，卻不能替他們的靈魂找房子。
因為他們的靈魂住在明日之屋，那是你即使在夢中也無法到達的地方。
你可以努力像他們一樣，但是千萬不要使他們像你一樣。
因為生命是無法逆轉的，更不能被昨日的你所耽擱。

那段時間，爸爸和妹妹扮演著關鍵的角色。爸爸無論在哪一國出差，每天晚上一定打長途電話回家。妹妹非常了解又相信姊姊。總是適時的安慰我，仔細的分析姊姊的狀況。「媽媽，我確定姊姊會沒事的。姊姊很好。」

美國友人佩吉告訴我，「人說，青少年是上帝的方式來教我們要面對孩子已經長大，即將要離開我們了。」她還說，「我跟妳保證，長大成人的孩子好可愛！」

好友，蜜雪兒，聽說我擔心孩子晚上去夜店不歸而睡不著，語出智慧，「孩子願意（從國外）回家，多麼幸福！」

說來也奇怪，姊姊到了紐約後，必須學習一切自己來。找一份薪水少到不夠付昂貴房租的實習工作，租一間幾坪大的小套房，控制柴米油鹽，沒有家人和朋友。在夜店殿堂、五光十色的紐約，她告訴我們不再去夜店，除非加班不再熬夜，也沒有興趣在上班天去派對。她還說，我在這個城市學到，在外面盡量不要引人注意。

在我書房面對著書桌的牆壁上，掛著一個自製的「願景布告欄」。那個上面有自己寫給自己鼓勵的文字和圖片、丹尼的自我期許、妹妹幼稚園畫的自畫像、母親節畫的祝福卡片，還有一張張綁著紅紗絲帶、姊姊和妹妹掛在耶誕樹上的許願卡。

願景布告欄的左上角有一張照片。

那是姊姊在出國去上大學的那天早上，臨時從網上印下來的一張照片。照片中間站著一個身著白色輕便洋裝的年輕女孩背影。她兩手倚著窗沿，輕鬆的靠著高大的藍色木製窗台，放鬆的凝視著外面的海景。

另外，釘在願景欄上是一張妹妹手寫的卡片，「一個人如果沒有勇氣遠離海岸，絕不可能發現新的海洋。」安德烈·紀德。

孩子小的時候，世界真的比較簡單。當她們漸漸的長大，擁抱是那麼的甜蜜、珍貴，又夾雜著父母親欲言又止的叮嚀。

家中抽屜裡有幾條白毛巾，上面印著洗不掉的黑色眼線，像是一對對笑咪咪的眼睛。鞋櫃裡擺著一雙雙張惠妹款、踩高蹺式的高跟鞋。那令人難忘的週三、五、六夜店。

姊姊昨晚在視訊上說：「因為過去經歷過太多，讓我如今更加的了解自己。也體會，爸爸媽媽愛我和妹妹多過於愛自己。現在除了想把設計工作做好之外，就是希望多幫助其他人。以後好讓爸爸媽媽以我為榮。」

二十八歲的妹妹，自從出國上大學、工作後，開始學習跟我們分享她出門在外所要面對的挑戰和喜怒哀樂心情。她說，唯有如此，才能夠在遙遠的他鄉跟爸爸媽媽和姊姊更靠近。她常說：「等我長大後，要跟爸爸媽媽住得很近。」

黎明破曉時，臥室窗簾邊的縫隙射進來一線熟悉的曙光。我不再害怕。

菜鳥滑雪

踏出北海道「新地」火車站時，已經是坐了一天的飛機再轉搭火車後的晚上八點了。

火車站很古老，跟北台灣尖石山下的「內灣」火車站沒兩樣。不同的是，車站外正靜悄悄地飄著雪綿綿的白花。對沒有見過此景象的孩子和我而言，一個全然陌生又萬分期待的畫面。

雪要怎麼形容呢？我實在是無從參考。只能說，覆蓋著白雪的房子，像極了耶誕前夕西點麵包店櫥窗內裝飾的薑餅屋。雪把大地所有尖銳的觸角都撫平了，剩下的，只是一個幾乎好笑的卡通畫面。每一家屋頂、枝頭、車身和放眼望去的大地，好似鋪上了一層半呎高的白糖霜或鮮奶油或綿綿冰。十分超現實。

而，雪，最神奇的在於它那從天而降的瞬間身影。每一片獨特的雪花輕柔、無聲、自在、有節奏的，不管世間同步正在發生什麼事，始終優雅的飄落。令人震撼！

走出「新地」車站，外子、孩子和我情不自禁的將自己跌入路兩旁的雪堆中，任由銀白冰沙，軟綿綿的擁抱著我們，忘我在雪花裡。

第一個下雪的夜晚，旅館室內的中央空調暖氣熱的令人抓狂。我們索性將窗子打開，把外面的冷空氣放進來。倚在窗邊，呆呆地望著寒風將雪花推進敞開的窗枱。數著再過幾個小時，即將穿上雪靴、套上雪橇，逍遙在銀色世界的情境。心情好比窗外吹不盡的雀躍冰花，久久無法入眠。

事實證明，雪景無比浪漫，滑雪可是要比想像中的困難多了！

無論電影中的警匪如何在嚴峻的雪山中追逐，奧林匹克選手怎樣雷速的「S」行衝下雪山。在現實世界裡，小妹才剛套上生平的第一雙雪靴，已經感覺事情不妙了。

雪靴居然是一雙重如兩個五磅保齡球、硬如鋼盔的鞋子！

一雙無辜的小腳，被緊緊的扣入比皮鞋大兩碼的鋼鐵靴子裡。再連同雪靴，被牢牢卡進一對約一百二十公分長的雪橇上。感覺自己的腳像是被五花大綁，踏上了兩部行駛不同軌道、沒有煞車的腳踏車。尚未踏上雪地，已開始擔心害怕！

我不是事前完全沒做功課。為了要去零下兩度的北海道，這輩子所去過最冷的地方。不但為全家準備了從頭到腳的防凍裝備，甚至還在出發前，密集做了兩週的心肺功能集訓。我想，只要不像母親過去所形容的，東北的冷可以凍掉鼻子和耳朵，其他都好辦。

那兒會想到，零下兩度的日本，處處吹著高溫的暖氣，連火車和地鐵的椅子都是燙的。別說凍掉鼻子，不熱到中暑、流鼻血，就不錯了。

從二十八度燥悶的室內，踏出雪地的那一剎那，頭頂著禦寒帽，眼罩著滑雪大蛙鏡，身裹著羽絨衣，手戴著手指不太能動的隔溫手套，腳綁著鐵人靴、扣著雪橇。「身」和「心」同時冒出了兩極化的反應。

身體著實被笨重的裝備所挾持，步履蹣跚、氣喘吁吁的，在生平第一片雪地裡磨蹭。滿腦子的不適應，依然試圖前進。

另一方面，又深深的被那晶瑩剔透、無聲無息、從天而降的冰花所融化。清新寒冷的空氣，徹底洗滌了初嘗踏雪尋梅的心。

外子丹尼和兩個孩子都興奮極了！他們完全沒有被笨重的器材干擾，早已迫不及待的想衝出雪地。

頭一天早上的滑雪課程，不能說毫無長進。但很快的就決定了誰可以上大山、誰需要留在小矮坡。

為了要我們這些初學者跟「雪」建立感情，澳洲男教練先叫我們一個個前仆後繼的跌入雪中。這招果然奏效。每個人順利的跌入並躺在雪中一動也不動，實在是太舒服了。臉上藏不住蕩漾著幸福美滿的模樣，好不迷人！

教練接著就要求我們踏上小雪丘，稱「Bunny Slope」或「小白兔坡」。要我們從兩公尺高度的斜坡上滑下來。問題是，穿戴著全副武裝，「小白兔坡」不是想上就上得去的。

上「小白兔坡」必須要橫行。整個早上，我大概上了「小白兔坡」三次。不是橫行上去，是摔上去的。

教練教我們，在橫行前進時抓住機會讓雪橇往上方傾斜。甚至，技巧的讓雪橇卡進雪中。說的簡單，做起來卻是笨手笨腳、苦不堪言。

最苦的是，看著自己隨著隊伍一步一腳印的從平面漸漸地就要靠近「小白兔坡」底部。一步沒卡緊，整個人連翻帶滾地又滑回比起點更遙遠的平面。

最糗的是，在眾目睽睽下摔個四腳朝天！之後，又因為雪橇過長，雙腳無法從「朝天式」，輕鬆的轉身站起來，而且是完全站不起來。

好不容易，終於征服了兩公尺高的「小白兔坡」，到達頂端。往下一望，真是不堪回首話當年！才開心了沒兩秒，腿一軟，又控制不住的溜了下坡。有時，下坡不摔跤，會聽到同學們熱情鼓勵的掌聲。其他時候，一陣橫衝直撞，摔的五體投地。我都沒吭聲，只聽到同學們的暗自嘆息。

就這樣跌跌撞撞的到了中午。其他九位同學，包括外子丹尼和大女兒，已經上了附近真正的大山坡。小女兒也直接逼近爸爸和姊姊。「小白兔坡」上，只剩下教練和我。

拚死命的重複在學習，如何將兩支雪橇逗成「Snow Plough」，三角型。最後，實在做不成。忍不住了，直接咆哮，「我要放棄！不學了！太難了！我是來賞雪，不是來受罪的！」

「不可以！如果妳現在放棄，回家後一定會恨自己。還會想，自己才開始就結束是多麼愚蠢的事。妳會後悔一輩子！」教練叫的比我還凶。

就這樣，在威脅下，我終於學會了用「三角型」姿勢，滑下了「小白兔坡」。

第二天一大早，教練帶我們來到了一個大山坡底部。我望著這座大山，少說有兩百五十個「小白兔坡」那麼高。立刻想逃跑。

當時的地中海俱樂部滑雪電纜車，不像當今有電纜座椅。教練叫我們一個個排隊，抓住一個電動電纜繩索。身體半蹲，兩腿夾住一個看來類似「馬桶塞子」的棍子。雙腳上的雪橇要蹭著地面，跟隨著電纜，拖往雲深不知處的山頂。

出發前，教練才說：「雙腿只可以輕輕的夾住馬桶塞子。因為，馬桶塞子不是椅子。」「要注意！上坡時，地面會突然高起。只要放輕鬆，任電纜帶著你走，就沒事。」「但，如果，你跌倒了，一定要立刻滾到一邊。否則，後面跟上來的人，會嚴重踢到或踩到你。」

很不幸，我就是那名在中途跌倒的菜鳥。眼睜睜的看著丹尼和兩個孩子，順利的乘著馬桶塞子進入了雲端。唯獨本人，卡在中段坡，上不去又不會滑雪下山。最後，小妹是被兩名日本大漢架下坡的。

下了坡，還是得重新再上馬桶塞子。我開始全身顫抖、眼冒金星、雙眼緊閉，不知熬了多少心悸，才登上了山頂。

對一個恐高，十分勉強才克服「小白兔坡」的初學者而言，拉著條繩索、夾著一個馬桶塞子，登上山頂，不是什麼值得慶祝的事，倒是比較像要命的感覺。

教練似乎無法了解我這樣的恐懼。才上雲端，又開始要求我們滑「S型」下山。還說什麼「下坡左轉時，身體要往右傾。右轉時，身體往左傾」。

丹尼帶著十四歲的姊姊和十一歲的妹妹呼嘯而去，一會兒就不見了人影，好不羨慕！

我試了。我的「S型」變成了「鋸子型」。一會兒左，一會兒右。有回，幾乎撞上一棵樹。在最懊惱時，後方山坡上突然衝下兩個小人。她們的聲音夾帶著速度，由遠而近，「嗨！媽咪！加油！」就衝下山了。

可能是她們離地吸引力比較近？身體比較柔軟？不知道怕什麼？滑雪不到一天，她們已經可以坐電纜車上一千公尺的山頂，自在無懼，一次次的滑「S」

型下山。丹尼也非常勇敢，努力的緊追著孩子，上了七百公尺山坡。

我決定放棄「鋸子型」，重拾「三角型」。反正是初學，慢就慢，笨就笨，總比站在山坡上下不來好。

「妳在怕什麼？」教練見我滑行如牛步，兩手緊握著雪棍，身軀前傾，兩腿微彎，以每分鐘十公尺的速度，一個「三角型」、兩個「三角型」的下著五百公尺的山坡。他看起來好像很想笑但又不好意思笑。

「我怕摔跤！」我目不轉睛的盯住前方。

「摔什麼跤？妳的腳很安全的站在地上啊！」教練安慰又辯論著。

「你不會懂的。我就是怕得要死！」

努力的從山頂以牛步速度，外加摔跤、擦傷，想辦法如何爬起來，站不起來，用棍子撐起來，再慢慢的蹭到平地。我終於滑到了山坡底下！教練居然在第二回合放我單飛。

在結束兩回合從山頂以「三角型」滑下坡後，我終於見到了家人！丹尼和女兒們配合著我的速度，慢慢的從平地越野滑雪回到了俱樂部的木屋。那是這三天以來，最愉快、最「相對」輕鬆的滑雪經驗。

離開北海道的那天早晨，雪花紛飛，好不熱鬧！孩子們心情低落，嚷著要繼續征服最高的「黑鑽石」山。她們說，希望能夠繼續再滑兩個星期的雪。

丹尼始終沉醉在前一天下午，從七百公呎高處，三次成功「S型」滑下坡的快感。他說，那種疾速自由的解放，簡直是太酷了！

望著溫柔潔淨的白雪飄呀飄著。我心中暗自竊喜，想著不必再站在傾斜、蓋滿雪地的山坡上，身軀前傾、兩腿微彎、雙手緊握滑雪棍，全程心情緊繃，緊急煞車似的一路「三角型」下山坡。真是自由和解脫！

北海道之後，全家也有幾次的滑雪經歷。每當想到滑雪，就會記起那段從北海道大山坡上，一天緊繃的下山後，跟著家人一起越野滑雪的自在。速度或許牛步，動作步履闌珊，也非常怕摔倒。但在靜悄悄、莫大的白雪地上，除了我們四人的笑聲，就是雪棍撐著雪橇上的自己，在雪地上向前滑行的「唰唰」聲音。好不悅耳！

那才是我最美好的滑雪記憶！

不穿游泳衣游泳的孩子

有幸來到偏遠高山地區，尖石鄉玉峰村玉峰國小，起源於拜讀了洪蘭教授的一篇文章〈童年——無法等待的投資〉。

當時，只有一股衝動，想立刻從香港飛到馬里光山上，去抱抱那群自幼稚園開始，為了求學不得不遠離父母和家園的原住民孩子們。

幼稚園！一般城市裡的孩子們，才剛戒掉尿布、奶瓶吧？晚上都有爸爸媽媽陪著睡覺。尖石鄉玉峰國小的五十四名孩子，因為當時沒有公共汽車或交通工具上山。越嶺徒步上學，單程最遠的要耗時八個小時。四歲開始，就跟著十位來自平地的老師和校長，過著必須離家、學會自己手洗衣服的寄宿學校生活。

丹尼起初認為我的「衝動」太過羅曼蒂克。我們一家四口是夏日裡不能一天沒有冷氣，連蚊子、蒼蠅

都無法忍受的。假若在深山上遇到了毒蛇猛獸，肯定當場棄械落跑，又怎麼可能到深山裡的玉峰國小當義工呢？

經過兩個月的長途聯繫，玉峰國小的校長同意我們一家，參加學校的七月夏令營，做一週的義工。

從香港飛回台北，我們租車開上了尖石鄉。終於見到了玉峰的孩子！

馬里光（玉峰村）比想像的要美，細高青綠地竹子長滿了山頭。綠的發藍的山間靈氣，穿梭在隨風搖曳的蘆葦之間。馬里科灣溪也叫玉峰溪，延綿不斷的纏繞著青山翠谷，靜靜地流向石門水庫。

村裡稀稀落落地住著一百多戶友善的泰雅族家庭。他們告訴我們，民國九十三年七月十九日，我們到玉峰村的第二天，村子裡發生了一件大事。那天是該村有史以來，第一次有垃圾車上山收垃圾。

山上只有兩家原住民開的民宿。我們就挑了最靠近學校、種滿了楓樹和瑪格麗特小花的那家住了下來。

十三歲和十歲，在香港成長了八年的女兒，對於第一次要與原住民孩子們接觸，同時兼作義工，既興奮又緊張。翻遍了書架，精心挑出三十多本兒時最喜愛的英文童書。拿出自己有限的零用錢，買了可以討好新朋友的小禮物。將自己最得意的紙糊立體創作、陪自己長大的填充玩具，通通從香港帶到了玉峰國小。

結果，八個英文故事，到了玉峰國小，變成了八場誇張的姊妹唱雙簧。姊姊忙著慢慢的耐心講英文故事。抓頭搔腦、絞盡腦汁的再把英文故事翻譯成坑坑疤疤的中文故事。妹妹站在姊姊旁邊，配合姊姊慢慢講的故事情節，即興又近乎誇張的演出。努力的幫助小朋友們，透過她的表演，更容易聽懂英文。同時，把重要的英文生字，大大的寫在白板上，幫助小朋友們學習。姊姊妹妹還請小朋友們

跟著一起念英文，上台一同參加演出。大怪獸、小白羊、跟屁蟲、小牙仙等英文故事，一一出爐。小朋友們完全不抗拒英文，聽的津津有味。

玉峰國小的孩子對於接收新事物十分有興趣。除了積極學習英文生字，姊姊妹妹還帶著小朋友們一起畫自畫像、編繩結、分組演舞台劇。小朋友們則熱情的教姊姊妹妹唱泰雅族歌。

原住民的語言因為沒有文字，必須靠代代口傳。歌曲也是如此。每一個清晨，當孩子們在操場上高聲唱起泰雅族歌曲時，嘹亮的童音可以震撼整個校園，穿越山谷。雖然聽不懂泰雅族孩子在唱什麼，但可以感受他們濃濃的情感，非常療癒。

夏令營的下午有一個鐘頭的午休。在香港長大的姊姊妹妹，不習慣睡午覺，就在宿舍外面打蒼蠅、捉蚊子。玉峰村夏天的蚊子和蒼蠅非常多，飛得很慢，但並沒有咬人。待午睡一結束，小朋友們像是長了翅膀似的衝出宿舍，飛向山下的玉峰溪。

玉峰溪不寬也不窄，橫跨約一百公尺。水流不緩不急，水深不算淺，清澈見底。原住民孩子沒有擦防曬油或戴蛙鏡的習慣，甚至，穿著身上的衣服就下水游泳了。每一個孩子都可以輕鬆的游到對岸。在香港國際學校參加游泳隊的兩個女兒，第一次在溪中游水，開心的陪著玉峰孩子們一起穿著衣服游泳。到了對岸，孩子們一個個爬到高處，撲通撲通的跳水，再游回頭。來回幾次都不嫌累。

八歲的小婷終於游累了，光腳上岸，躺在大岩石上曬太陽。把傾斜的岩石當滑梯溜著玩。沒有想到，小小的腳底一落地，就被沒公德心遊客留下的酒瓶碎片，劃了五公分長的傷口，血流不止。

因為沒有醫藥箱。丹尼立刻開車回民宿，提了一桶清水，和未開封的新肥皂，回到溪邊替小婷清洗傷口。小婷拚命的掉大滴大滴眼淚，卻沒有哭出聲來。她有一雙善良、會笑的美麗大眼睛。從她的自畫像不難看出，細直、咖啡色的長髮，是她最愛自己的模樣。

校警騎機車載走小婷時告訴我們，最近的醫院需要騎一個半鐘頭的車程才到。後來兩天，學校夏令營結束之前，小婷都沒有再回到學校。

小豪是另一個令人難忘的孩子。五天的夏令營裡，他始終穿著一件不合時宜的深藍色冬季厚外套，流著兩條青黃鼻涕。丹尼一直幫他和教

他擤鼻涕，但黃鼻涕總是擤不完。六歲的他，不到一百二十公分。在籃球場上，無論投籃或溜直排輪，都只有跟在大孩子後面跑的份。碰到挫折，就毫無遮掩的大聲哭起來。

一天黃昏，大夥兒坐在操場上吹晚風。小豪走了過來，從厚外套口袋中拿出了一片他珍藏的薯片。小心翼翼地將它分成了四小片，送給我們家四人。直到現在，那薯片仍緊緊地留在心中。

小琴開學就要小六了。不但長得亭亭玉立、漂亮，儼然是個孩子中的大姐大。小琴隨身帶著兩支她說是大朋友送她的新型手機，十分得意。這不禁使我這個做媽媽的擔心。明年小琴就要畢業，遠離家鄉，到城市去上寄宿初中。小小十二、三歲的年紀，如何懂得保護自己？知道要拒絕不良誘惑和不好的朋友呢？

在山上，聽到了很多原住民孩子的故事。對於所有四、五歲就要離開父母、單親、隔代（祖父母）撫養家庭的懷抱，寄宿在學校的孩子，真是有萬分不捨。

一個多月前的艾利颱風，加上一場大雨，封鎖了所有上下山的道路。甚至斷了水電。村民們靠著空投糧食度日。土石流壓到了充滿靈氣的竹林、掩埋了玉峰國小體育器材倉庫。玉峰國小的孩子，被暫時安頓在尖石國小寄宿、上學。

黎校長的電郵上寫著，「……雖然風災受創不輕。我們會繼續完成教育與學習的責任。更小心的面對大自然。學習與其共存共榮。」

短短五天的相處，兩個女兒跟著玉峰的孩子們學會了洗碗、洗衣服、唱泰雅族歌。穿著衣服、不戴蛙鏡橫跨玉峰溪。交流了英文、表演、繪畫、勞作和遊戲活動。認識了一個學校的五十四位新朋友。但，對於十八年前連部公共汽車或醫院都沒有的偏遠地區村民和學子們，我們真正做了什麼？

當十二歲的小琴和所有為了求學必須下山、離鄉背井的孩子們，單獨來到大城市上國中時，我們的社會和學校是否有提供他們完善的照顧和保護？讓他們在沒有父母和家人在身邊時，安全、健康、快樂、不孤單的成長。提供健全的輔導和關懷體系，照顧每一位外地來的孩子，讓他們順利的完成學業。

期待有一天，相關單位能夠安排小型公共汽車，每天上下尖石鄉、玉峰村，服務鄉民和學子們。讓孩子們不需要在四、五歲就寄宿在學校。同時，期待在山

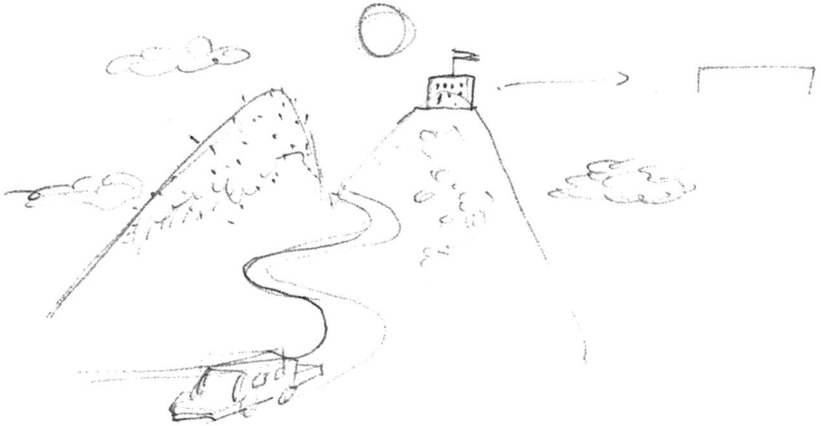

上建設診所，照顧所有村民和孩子們的基礎健康。讓一個血流不止的傷口，不需要開一個半鐘頭的緊急車程，才到最近的醫院治療。

艾利颱風過後，玉峰村的道路不知道修好了沒有？真想上山再去抱抱玉峰國小的那群孩子。

民國九十三年七月

第三輯

越活越自在

菜鳥初老

第一次聽到「初老」這個形容詞時，覺得很可愛。就像，小鳥要鍛鍊待翅膀長硬後才能單飛。初老也是需要經過一生的歷練和勇氣，才能上路。

「老」，到底是如何定義的？是一個固定歲數？外型？態度？身體的變化？感受？行動能力？檢驗數字？退休？社交活力？生活方式？還是主觀看法？

很確定的是，當第一根白頭髮在四十一歲冒出鬢角時，我的心境跟二十八歲沒有任何不同。同樣的，當牙醫宣布，我的牙齦局部萎縮，需要做植皮，跟著要做植牙手術時，壓根兒沒有聯想到身體在持續的改變。

但當東區一位資深的名婦產科大夫，聽我敘述身體的種種不適，又見我死樣怪氣的模樣時，立刻斬釘截鐵的對我說：「一看妳這個樣子就是更年期。」這個宣判確實有點青天霹靂。

大夫似乎覺得我很好笑似的，並要我看壓在桌子玻璃墊下面的，一張更年期症狀卡通圖。「妳如果不相信，就看看妳有哪些症狀跟這張圖表一樣啊！」

天啊！一點都不好笑！玻璃墊下的卡通人物，除了憂鬱之外，基本上就是我！

更年期算是初老嗎？還是耐力和勇氣的長期挑戰？面對不舒服，每天要沉得住氣，不斷的給自己加油打氣。到了第二天，又是重新挑戰的開始。西藥中藥都試了，最後是靠自己。每天走路、做瑜伽、閱讀、穴位按摩和放鬆，週而復始的努力學習。

人生到了某一個階段，心境依然二十八，體檢報告上面開始加入了一些紅字。別人名片上面的字變小了。手機和電腦上面的字變大了。在昏暗的餐館裡，打開手機燈看菜單了。

最尷尬的是，遇見久不見的朋友，忘了他的名字。簡訊貼圖被小朋友稱為「長輩圖」。肩頸被復健師形容是「鋼鐵人」。眼力2.0的百歲婆婆，看著我的額頭

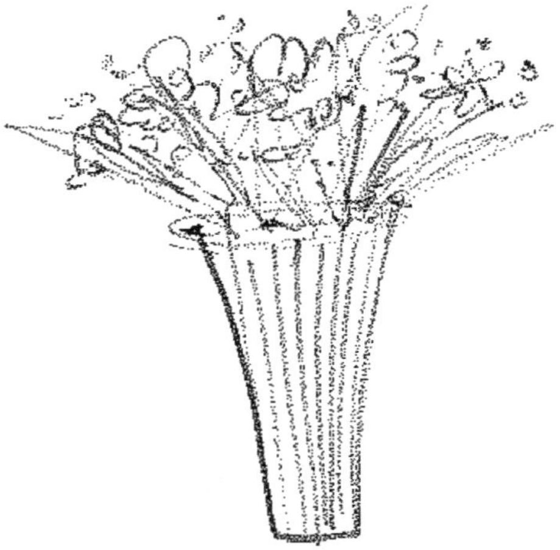

說「有皺紋」！看著我的眉毛著急的比畫，「有一根白的。」

一次，請教認識多年的皮膚科醫生。「臉上與日俱增的雀斑或曬斑，可不可以雷射消除？」醫生居然回答，「不需要了啦！到了我們的這個年齡，『自然就是美』。」「現代年輕人才是，『美（容）才是自然』。」

最近照相時，發現拍照的人會叫我要睜開眼睛。但明明我的眼睛就是睜開大大的。我問丹尼和孩子們，「乾脆去把日漸下垂的三角眼做個拉提手術吧？」他們異口同聲的說：「不行！不行！我們就是喜歡妳眼睛彎彎的。」

「初老」，丹尼說：「就是從椅子站起來時，要呻吟一聲。坐下去時，也要呻吟一聲。」

有朋友拿初老開玩笑的。結交了二十五年的香港媽媽們，為了我們八人小組，取了一個團名，叫做WBBC（Weak Bladder Birthday Club脆弱膀胱生日俱樂部）。

也有朋友以初老為傲的。搬回台北後，被邀約參加一個名為「只有銀髮族一起歌唱」的合唱團OSA（Only Seniors

Aloud)。

不知從什麼時候開始，睡覺前，會在床邊放一杯溫水、一瓶薰衣草和茶樹精油，加上一個電蚊拍。出門旅行時要帶的東西越來越多。過去只需要帶枕頭，最近也開始帶自己的被子。還好我不是唯一的。香港姊妹溫蒂會帶一袋米、醬油、老陳皮、煲湯材料、養生壺去歐洲旅遊。玲會帶全套茶具和普洱茶上飛機。米雪要帶旋轉晾衣架和摺疊洗衣板出國。

米雪說，她完全沒有感覺現在跟二十幾歲有什麼不同。穿的衣服、做的事情都沒有不同。但為什麼突然看到媒體稱一位六十歲的婦女「老婦人」？

玲說：「最悲哀的是，自己明明五十幾歲，卻被四十幾歲的人叫『阿姨』！」

死黨馬宜中說：「沒有什麼初老的感覺。只是最近常忘東忘西，手機、眼鏡找不到，藥剛吃了已經忘記，昨天吃什麼忘記。所以每十五分鐘記事一次。」

北京的樂天小舅說，他今年虛歲是八十四歲，比足歲小兩歲，越活越年輕。

雷蒙表哥說：「我每天早上起來發現自己還活著，就很高興又賺了一天。」高中同學「飛彈」說，她在逃避初老。香港媽媽凡妮說：「很震驚！很受傷！上了小巴，居然會有人跳起來讓位給我！」

現在越來越懶得交新朋友。因為跟老朋友們已經一起走過人生數十載，無法複製。最討厭要記一大堆密碼；聽電訊客服饒舌的續約選項；換新手機；看電子產品說明書。

是有代溝了嗎？無法了解當今年輕人為什麼見到人不打招呼、不叫人、不問好。為什麼餐館裡同桌的人，都在滑手機，沒有交談。為什麼簡訊都沒有句點，甚至標點符號。

無論老的定義到底為何，時間永遠不會為任何人停留，應該是不變的定律。我膽小如鼠，光是想到老了要吃很多藥，不再能夠來去自如，就很緊張。有時候還會看到一個狀況就對號入座，自己嚇自己。

有幾位勇敢的朋友已經決定，只要沒有不舒服，就不進醫院、不做體檢、不看醫生、不吃藥、不打針。自己人生自己決定，一切聽其自然。

但如果沒有膽子聽其自然，是否可以遵循像北歐國家為他們國民設定的老年目標一樣？每一位長者，自由、自主、不孤單、有陪伴、有付出、有成就感、有尊嚴又有活動的到人生最後兩週才臥床。

還不清楚北歐人是如何達到這個偉大的健康目標的。目前，我的菜鳥防老起步方案，是先從運動開始。

每日自由自在的走一萬步，用腳靜靜的發覺每一個城市。每週三次，快樂的跟著二、三十歲的老師和同學們，聽著最流行的音樂，一起跳 Zumba 舞，享受青春。一星期在公園裡跟烏雲老師上一堂太極課；爬一次山。透過起步太極的練習，簡單的自我穴位按摩、瑜伽、打坐，學習放鬆。

不上班和空巢的好處是可以睡到自然醒。三餐盡量營養，加上沒有養分但很快樂的下午茶。不會唱歌、看不懂樂譜，混進合唱團。不會畫畫，照樣玩水彩。叫不出社區、河邊、山上、不同城市裡的花草樹木名字，拚命的對它們傻笑。隨心所欲的插花，再用水彩畫出來。欣賞每一朵花、樹枝、葉子獨特的姿態，從含苞待放、盛開到凋謝的美麗身影。

找機會做義工。不斷的學習。把感動的事情寫下來。珍惜和感謝身邊的每一個人。享受和家人、朋友在一起的幸福。把想說的話講出來。

我的菜鳥防老起步方案，不可能阻止老化，也沒辦法凍齡。不可能確保膽小如鼠的我，在面對老年的各種挑戰時不害怕。

人生管他有多長、會多老、會多麼害怕。我打算天天走路下去。學習把每一天活的輕鬆精采，充滿著愛和感恩。舒服時，笑一下。緊繃時，更要笑一下。想到就要隨時擁抱所愛的家人和朋友，記得常常謝謝他們、鼓勵他們、誇獎他們。告訴他們「我愛你」。因為能夠在一起，是經過多少因緣際會的結合，多麼的不容易！

只要腳還可以走路、心還想跳舞、眼睛在找尋路上的小花、走音嗓子能夠跟著合唱、插花有人一起欣賞、下午茶傳統不忘、家人朋友一起成長、開車兜風跟著丹尼一路狂唱、還能飛到孩子身旁。那麼，老了，又怎樣？

退而不休阿丹

丹尼是個停不下來的人。有時侯，他會讓我想起那隻在電視廣告裡背著電池跑不停的兔子。

退休時，丹尼在一家全球美商公司，從美國外派到亞洲，工作了三十三年。當時，我們在香港的家庭生活，跟一般家庭很不同。丹尼一年有百分之七十的工作天不在家。像空中飛人一樣的，亞洲不同國家、美國、澳洲和紐西蘭到處飛。

常常是禮拜五的晚上，拖著疲憊的身體和行李回家。禮拜天晚上，又精神抖擻的整裝準備第二天一大早出門。我們很習慣，丹尼在家的時候，也要上班。在半夜或清晨和美國電話視訊。

他的護照常常需要加頁，厚的像一本書。有一次入關時，美國海關翻了翻他蓋滿章的護照問他，「常出差嗎？」「是。」「結婚了嗎？」「是。」「有小孩嗎？」「兩個女兒。」然後海關幽默的問：「確定是你的嗎？」丹尼大笑回答，「應該是。」

為了要達到最高工作效率，又希望快點回家，丹尼出國的行程總是在跟時間賽跑。天天換城市開會。半夜起床，有時會搞不清楚自己是住在哪一家旅館。最高紀錄，一天跑了兩個國家、五個城市、出入三個海關。搭了高鐵、汽車、飛機、渡輪，再轉搭飛機。

每一個出國的夜晚，丹尼一定會打電話回家。跟兩個孩子和我好好的聊一個多鐘頭，才互道晚安。

一開始，丹尼對於退休、從香港搬回台灣、待在家裡，很不習慣。前半年，發現一個整天穿著T恤短褲坐在電腦前不發一語的丹尼。

就在那個時候，密蘇里州的 Drury 大學，邀請丹尼回母校做董事。據說是董事會有史以來第一位華人董事。為此，丹尼和我長途跋涉，從台北飛芝加哥，轉搭很小的飛機到聖路易市。租車，部分路段開 Route 66（美國六十六號公路），到 Springfield 春田市。

這條公路搜尋不到GPS，只能靠紙本地圖，摸索前進。好幾次走丟，到沒落的小鎮、老舊的社區。開上沒有貨櫃車穿梭的安靜小徑，遍地長滿小花的鄉野。路過美國典型餐車型餐廳，順便進去享受一餐。丹尼說，踏上六十六號公路，就像回到母校一樣，懷舊又感恩。

退休半年後一天，丹尼突然宣布，他找到了人生的新方向！決定要到紐約哥倫比亞大學去念一年的課程。學習如何做企業主的顧問。他說，他累積了太多的工作經驗，很想要幫助人，待在家裡太可惜。從那天開始，停不下來的丹尼又出現了。那一年，丹尼往返哥倫比亞大學商教學院兩次，在紐約柏油村密集上課。我乘機徒步走出校外，發掘森林步道、百年花園古堡、小鎮風光。一年的努力和超過兩百小時的實際Executive Coaching（企業主顧問）經驗後，丹尼拿到了哥倫比亞大學頒發的Executive Coaching認證書和畢業證書。接著又拿到了ICF國際認證書。

但真正的挑戰，是要在六十五歲退休後，面對沒有名片的日子。放下過去做亞洲總經理的身段，帶著新學會的知識，毛遂自薦去敲不同公司的門。介紹這個在中、港、台鮮少聽過的，企業主顧問服務。

起初，丹尼曾多次碰壁。很奇怪！這反而讓他越挫越勇。靠著一股強烈想回饋的使命感，拒絕待在家裡看電視，又好動的個性，丹尼漸漸的開始做不同企業主的顧問。他說，最大的收穫和快樂，是看到對方在引導下，開始整理思路，發掘自己的長處和優勢，找到解決問題的方法，看到機會和方向，設立目標，充滿自信的往前進。

因為停不下來，丹尼發現凡事自己來的樂趣。他上 Youtube 自學彈 Banjo（斑鳩琴）。一種美國中部農夫彈的，琴面圓圓、包了鼓皮的五弦琴。他是史蒂夫馬丁的粉絲。他說，史蒂夫不但會講笑話、演戲、導演、編劇、寫書，還彈一手好 Banjo。這讓丹尼非常崇拜。每次去美國看孩子、開董事會，我們還要去中部和紐約的樂器行，到處搜尋 Banjo。路過任何一家小酒吧，只要裡面有 Banjo 演奏，丹尼一定會拖我進去聽。家中陸續增加了三把 Banjo、四把吉他、一把 Dobro（多布羅琴）。

Banjo 非常重。琴音聽起來「登、登、登」的聲音，不浪漫。沒有像木吉他彈起來的姿勢優美、音色抒情。丹尼說，他學 Banjo，是因為這種樂器會彈出快樂的音樂，他希望能夠透過音樂帶給人們快樂。

於是，我開始每天從早到晚聽丹尼坑坑疤疤的自學 Banjo。幾個音符重複再重複的練習，真是彈了千遍也不厭倦。經過幾個月的苦練，丹尼終於練熟了兩首經典 Banjo 曲。彈起來時，指頭過動的忙碌。他跟我解釋，Banjo 只用三根手指彈五根弦，跟吉他用四根手指彈六根弦完全不同。

家中幾乎每天都有臨時演奏會。我是唯一的聽眾外加鼓掌大隊。我的腦子裡，隨時會聽到這兩首曲子，已經到了背熟的程度。而且還不敢透露，我完全聽不懂這個「快樂的音樂」。

丹尼非常自覺，把家裡所有的大毛巾全部都拿去塞門縫了。還把《獅子王》海灘毛巾釘在門上隔音。忘我的在門後，搖頭晃腦的狂練。一副要走上專業路線的樣子。

很快的，他和大學時期一起玩音樂的「艾迪亞」老朋友們，開始舉辦小型演唱會，Idea House Reunion。一群打扮酷酷、六十歲上下的資深男生，有的留鬍子，有的剃光頭，有的戴帽子，有的戴墨鏡。其他人開心的抱著吉他，唯有丹尼抱著Banjo，站在舞台上唱披頭四和七〇年代的西洋歌曲。唱累了，還隨性的穿插聊天、講笑話，當作休息。有人該上台時忘了上台。有人唱歌忘了歌詞。丹尼立刻對觀眾解釋，「到了這個年齡什麼都會忘記。連練歌都不能太早練，因為會忘記。」「剛剛開始之前，台上兩位還在小聲確認誰要彈哪一部分。明明上台前才練好的，上台後又忘了。」「但我們在台上玩的很高興。」丹尼繼續說，「就算沒有觀眾，我們一樣也會玩的很高興。」

台下坐著一群大學時期的老粉絲和親友團，熱情的為他們鼓掌吶喊，開心的跟著一起唱一起笑。好像大家都忘了時間，一起回到了最快樂的青春時光。

小型演唱會到底不是每天發生。丹尼持續鞭策自己，必須發掘其他的ＤＩＹ本事。從香港搬回台北後，發現台灣過一段時間就會有地震。而且，地震時，手機還會突然震動，加強地震的效果。頭幾次地震發生的晚上，我們穿著睡衣衝出家門，不敢搭電梯的跑下八層樓階梯，到大廈外。結果，居然沒有看到一個鄰居，連大廈管理員都叫我們回家睡覺。

BANJO

於是，丹尼發明了在家自己做兩人地震演習。他準備了一個地震包，裡面有兩瓶礦泉水、N95口罩，幾包餅乾、一個手電筒、繩子和哨子。永久的放在我的床邊。地震演習開始時，我們要假裝地震了。不管身處家中何方，立刻集合跑到我的床邊，坐在地上，抓著地震包，不能動。等待地震過去。

其實，我是準備了一個百寶箱，希望帶著逃命。裡面放了最珍貴的孩子相片。她們小時候，出門旅遊時，睡覺前揉著眼睛，被我逼寫的日記。她們寫給我們的卡片、最得意的作品等。但丹尼堅持，緊急時，那些都來不及帶。手機、礦泉水和哨子最重要。

好動的丹尼興趣廣泛。他覺得動腦、動手、運動可以預防老人失智。於是，我們一起去聽了四書、老、莊、孟子的課。丹尼還上了易經課。抱著書本，會為自己卜卦。到台大旁聽陳丕燊教授的宇宙物理課程。上網學畫卡通人物。最近開始到大安森林公園跟烏雲老師學楊氏太極。每天在家練基礎分解動作，「起勢」、「白鶴亮翅」、「金雞獨立」、「太極抱」、「十字手」、「王女穿梭」等，非常認真。他還會趁著一人開車時，在車裡把音響開很大聲，跟著音樂，大聲大吼的練習自己的音域，嚮往著有一天他可以唱男高音。

退休前幾個月，我們休假去參加慕尼黑啤酒節。丹尼只能喝沒有酒精的啤酒，卻在慕尼黑找到了他理想的退休造型。他的頭髮很少，吹風時會冷。戴上了插著羽毛的德國巴伐利亞帽子、圍巾和短筒皮靴，讓丹尼對即將到來的退休，開始有了創意的想像、美好的憧憬。從此，家中的一扇門後面變成了帽子門。上面吊了兩排掛帽子的鉤子，掛滿了來自德國、法國、英國、美國和台灣，不同顏色、樣式和季節的帽子。

最近，為了喜歡爬山、走步道、打高爾夫球，買了一部車子。一回去宜蘭的路上，丹尼突然當起了DJ，「今天去程我們將播放七〇年代的迪斯可舞曲，回程將播放八〇年代的熱門歌曲。請慢慢享受！」音響播出一首接著一首耳熟能詳的舞曲。心情跟著起飛，跳舞了起來。

看到宜蘭的好山好水，丹尼興起蓋農舍的瘋狂想法。抱著建築書猛啃，上網搜尋中庭和花園設計。還說：「早知道退休這麼好玩，我就早一點退休了。」

下半年，丹尼又計畫要挑戰自己。第一次參加表演工作坊《暗戀桃花源》，接著《如夢之夢》演出。他從來沒有演過戲。又開始把自己關在房間裡，背台詞，走台步，想像這個角色為什麼有如此的情緒。緊張又雀躍。朋友還幽默他，「到了你這個年紀，還願意出來演的人不多了。」

曾在退休前幾年揚言，「永遠不要退休，因為不知道退休沒事待在家裡要做什麼。很恐怖。」面對退休、初老、身體逐漸的改變，丹尼跟每一個人一樣的需要一步一步的適應和學習。面對的方法就是讓自己保持非常忙碌。

我很膽小。有時候會擔心害怕、操心雞毛蒜皮的事情。丹尼總會說：「每天活著都來不及了，要開開心心的過每一天，才沒有白過。」「要想辦法去做最想做的事、看最想看到的人。」

當我還在睡懶覺，或用腳體驗每一個城市的不同角落，或泡在某一個咖啡館的角落裡發呆時，丹尼清晨五點已經起床準備去打球、自學游泳自由式、做顧問、開董事會、聽書、忙社團、陪長輩、練琴、演戲，像陀螺般的轉個不停。退休證明不是事業的盡頭，而是人生無限可能的開始。背著電池跑不停的兔子總是笑著，丹尼總是在忙碌的充實生命。看來他是不會退休了。

導遊有三種

導遊一般可分為兩種，好的或壞的。

友人喜來登是第三種：獨一無二的。

聰明能幹，帶著強烈過動的特質，一開始並沒有為喜來登贏得全程自費當導遊的重任。但他好學不倦，為了來趟西班牙，已經研讀了三個月的旅遊書。不僅對該國歷史倒背如流，更背會了三個城市的地圖。這令我們三人甘拜下風。在沒有競爭的情況下，喜來登被推選為四人之中，「西班牙八日遊」的當然領隊。

跟喜來登同遊要有一個心理準備。他偏愛建築，更是個教堂痴。在巴塞隆納，我們接受了十九世紀末、現代主義建築的洗禮。乍看之下，頗像蜂窩或歷經戰火襲擊而千創百孔的波浪建築，「米拉之家」（Casa Mila）。外型陰森、高聳，好似一柱柱鐘乳石

拼湊而起；八個鐘塔頂端鑲嵌著色彩活潑的陶磁磚，又酷似八球冰淇淋甜筒的「聖家堂」（Segrada Familia）。

走入自喻為幾何學家的建築師高第世界內。我們才發現，在他顛覆傳統的稀奇古怪、夢幻建築裡，花草、樹木、動物和大自然的一舉一動，才是故事的主角、他信仰的中心。

何謂領隊喜來登的信仰中心呢？不清楚。只知道，在西班牙的八天裡，他一共帶我們參觀了六座大教堂、一座修士養老院。最後，還在格拉納達高雅宏偉的阿蘭布拉宮旁邊，住進了一家由古老修道院改裝而成的國營旅館。我從來沒有感覺那麼接近上帝過！

喜來登大概看我沒有什麼慧根。每回在參觀教堂前，總會好心的講些有的沒的，來提高我的興趣。

「妳知道嗎？巴塞隆納大教堂裡有個小花園。那裡在過去的幾百年到現在有個傳統，就是飼養一堆又白又胖的大白鵝耶！」

我的小眼睛睜得很大。

「你們看！塞維亞大教堂的鐘樓頂上，有一個女神銅像風標。教堂裡還有一個橘子園，是從十二世紀晚期，回教阿爾摩哈德人遺留下來的哦！」

我氣喘吁吁的爬了不知道幾層樓，原來就是為了要看一個女神風標！但也因為她，讓我們從大教堂頂樓眺望到美麗的塞維亞。

一旦步入任何教堂，喜來登、溫蒂和丹尼會同步被一股莫名的力量感召。舉起相機或手機，莊嚴又癡迷的開始捕捉神壇周圍的一景一物。哪怕是天花板、彩色玻璃窗、蠟燭台、大風琴、地磚、聖母、基督耶穌雕像，甚至主教坐的紅絲絨

椅子，全部不放過。

丹尼會躺在地上，或半蹲，或單跪，或全趴，甚至匍匐前進。好像很想藉由鏡頭，帶走這裡的一切。

喜來登更厲害！在每一個完美的畫面裡，一定會把自己放進去。他曾經熱情的邀請溫蒂和我，站在航海家哥倫布的棺木旁合照（塞維亞大教堂）。被拒絕後，他異常興奮，立刻單槍匹馬跳入鏡頭，與偉人的棺材合影。

他應該是我這輩子見過最愛為自己拍照的男生。

有時我甚至懷疑，喜來登是不是有點兒自戀？不。我不懷疑。我確定。

他可以捧著兩本厚重的旅遊書，一路滔滔不絕、熱心的為我們介紹，河渠大道（Las Ramblas）兩旁的建築。邊走邊預言在下一條街口的牆腳上，將會出現一隻背著扇子的盤旋怪獸。我們三人還沒從怪獸那邊的牆角恍神過來，喜來登已經一躍而上另一頭，皇家廣場（Placa Reial）上方的噴水池。面對著鏡頭，他咧著嘴做出展翅而飛，不知道是勇者、還是怪獸的姿勢。

記得剛下飛機的那天中午。歷經了十五個鐘頭的徹夜飛行後，已被折磨的不成人形。四個人呆滯的坐在巴塞納河渠大道上的一間小酒館裡，毫無食慾。

突然，喜來登從椅子上蹦起來。找來一位西班牙侍者，請他在吧枱旁、小酒館內的不同角落為喜來登拍照。

喜來登很高、有架勢，拍照非常會擺pose。偶爾，神來之筆，還會用一些臨場道具。最酷的是那張，叼著沒有點燃的菸斗，酷酷的倚靠在吧枱旁的劇照。不是喜來登不帥，但那個場景不知道為何使我想起了，剛吃完一整罐菠菜、叼著菸斗、舉起膀子秀肌肉的卡通人物Pop-Eye。

喜來登除了比我們其他三個人加起來都還要了解西班牙、愛拍照之外，還好他也愛享受美食。

一個下雨的午後，我們在塞維亞大教堂對面的石板小巷內，找到了一家還沒有午休的小酒館。侍者讓我們坐在一個比

我們四個人頭加起來還要大的鬥牛頭標本下。

喜來登一口氣跟侍者點了牛膝、牛尾、牛排、牛腱等十來樣跟牛有關的Tapas（西班牙小菜）。接著他指了指我們頭頂上那個可憐的標本對我們說：「塞維亞是鬥牛聖地。」「牛肉是此地的特產，不吃白不吃啊！」

就是因為「不吃白不吃」，樣樣都是「當地的特產」，我們追隨著喜來登吃遍了西班牙的大街小巷。從旅館的早點吃到酒館的海、陸、空、素Tapas。一杯杯的濃縮咖啡配上下午甜點，吃到晚上的黑色、黃色、紅色的Paella海鮮飯。一粒粒綠色、黑色、褐色、大小胖瘦的西班牙橄欖，伴隨著一片片風乾的酒紅火腿，加上一瓶瓶小瓶的紅葡萄酒。從早吃到晚，義無反顧。唯有，在下午的小雨中，面對著塞維亞大教堂，坐在戰敗的鬥牛頭下吃牛膝，會悲從中來，突然想到該懺悔。

離開巴塞隆納的那天，外面仍然飄著細雨，攝氏三度。為了克服依依的離情，溫蒂、丹尼和我，無心地流連於機場免稅商店內。

擴音器中傳出了急速的佛朗明哥音樂，挑起了那夜在塞維亞舞者的激情。書架上陳列著數不清的「高第」建築書籍，平反了一百年前頗受爭議的建築品味。

隔壁的名店內，忽然傳來了一陣熱烈的普通話討論。轉頭望去，發現我們的喜來登「導遊」已經結識了新朋友。他正熱情地在為一團「國內同胞」做即時翻譯。喜來登的外省國語，突然加上了捲舌「兒」，唱起了陰揚頓挫的老北京土話兒。飛機誤點了。喜來登忙著吆喝海峽兩岸的同胞，坐上人滿為患的吧檯，共飲西班牙啤酒。國內的同胞熱烈的討論著，為什麼溫蒂和我看起來不像「阿里山婦女同胞」。喜來登滔滔不絕的敘述著，他走過八〇年代、大江南北的往事。

我突然想起，喜來登在阿蘭布拉宮對溫蒂大唱的那首，他自創的「哥哥等妹妹」愛情歌仔戲。在巴塞隆納接近零度的街道上，他跳躍、飛舞著。並對即將結冰的我們三人宣布，「對不起各位！西班牙在我心目中已經取代了義大利！」

導遊有三種。我們何德何能，找到了喜來登！

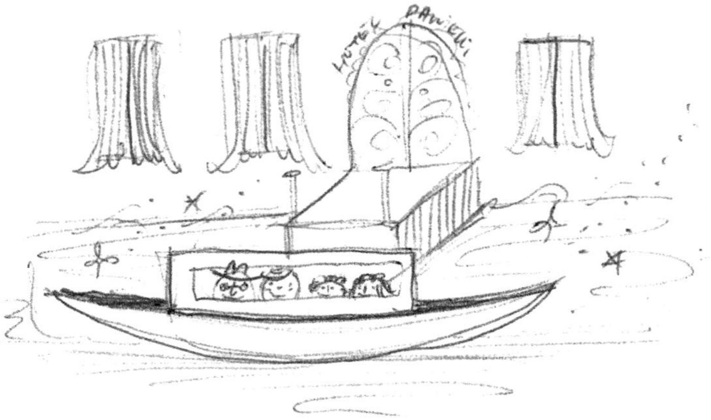

五星 vs. 不五星

當水上計程汽艇，自威尼斯國際機場大門口，疾速飆過彎曲的大小河渠，駛進面對大運河上（Grand Canal）的 Danieli 旅館邊門的那一剎那。全家人的感官是超現實的。

在一個酷熱的七月北義大利中午，孩子過足了第一次在水上搭計程車，乘風破浪之癮。我見到了夢寐以求的水都。丹尼鬆了一口氣，住進了有網路的五星級旅館。

他始終無法忘懷，去年夏天，在巴黎左岸，St. Germain 大道五區，住過的那家房價不菲、星級不詳的旅館。洗澡間因為沒有乾濕分離、沒有浴簾，浴室淹水到腳踝，再氾濫到整間臥室。

前年，在英國巴斯（Bath）待過的那家英國農場更離譜。古老澡缸上的熱水龍頭放出的是冰水、冷水龍頭放出滾水。坐在澡盆裡，又凍又燙，驚惶失措。兩個單獨冷熱水龍頭分開兩邊，不知如何洗頭，必須自己插上一根「Y」字型的橡皮管，才能接出一條細細的、忽燙忽冰的混搭水。

丹尼還會三不五時的提醒我，上回在法國布根地、地戎（Dijon）運河上的驚慄體驗。那回，我精心的安排，讓他一邊看著駕駛員手冊、一邊在運河上駕駛一整艘家庭馬達遊艇。他說，那五天是他此生永難忘懷的噩夢！

因為，丹尼一人要擔負整船「航河」大任。白天忙著駕船，經過每三十分鐘一個的水閘。夜晚又會擔心，在運河河邊靠岸睡覺，會不會遇上海盜上船搶劫？以致吃不好、睡不著。度假結束，回到香港後，因為整個旅途過度焦慮，還生出了一身的紅疹子。

經歷過各種型態的旅遊住宿。當丹尼踏進威尼斯這家，中間是十四世紀古蹟，原威尼斯總督家族擁有的「丹多洛宮」，哥德式宮殿建築，頂級五星級旅館時，他的感歎和愉悅是可以理解的。

每回全家出國自助旅行，規劃住宿總是一項挑戰。丹尼深信，唯有五星級旅館，才可能提供網路、行動電話和寬頻電腦插座。其他級別的旅館，會令他有與世隔絕、懷疑要找他的人一定找不到他的憂慮。

兩個女兒要求不多。只要臥室的牆壁上，沒有掛著古代人物的油畫像就好。我和他們不同。覺得五星級連鎖飯店非常無趣。不在乎深夜被古人畫像瞪。偏愛獨特、有故事又與世無爭的民宿。

黃石公園西邊出口，行車八英里，有一家牧場，裡面養著星期天要休假的馬。一九三五年，牧場的第一任主人、退休上校，Rodman 先生，看上這塊緊鄰山、俯視河的十英里地。他將地買下規劃成牧場，命名為「稍息」。「稍息」牧場內有幾十匹高大碩壯的馬。除了星期天之外，隨時任客人跟著訓練有術的西部牛仔，騎上風光明媚的山、下幽靜寬廣的峽谷。牧場內的小溪，號稱是飛魚天堂。牧場外，再走幾英里，有數條河流。據說，裡面游著無以計量的藍帶鱒魚和飛魚。

剛滿九歲的妹妹，在我們抵達「稍息」牧場後的第一天，用她稚氣的語言，寫下了以下的日記：

「七月五日，二〇〇三，

我們會在這個牧場待兩天。我喜歡這個牧場，因為每一家都有自己的一個小房子！

我們放下了行李，就立刻去騎馬！我和姊姊沒有騎過馬。今天是第一次！

我們全家騎了整整一個鐘頭的馬。

我的馬叫 John Boy。

我姊姊的叫 Big Pete。

媽媽的叫 Classy。

爸爸的是 Storm。

騎了三十分鐘時，John Boy 大便了 !!!! 剛剛騎完一個鐘頭時，Big Pete 又小便了 !!!!! 再過十分鐘，我又要去騎馬了！

我們很開心 !!!!!!!!!!!」

十一歲的姊姊，把在「稍息」的釣魚經驗，記錄在日記中：

「七月六日，二〇〇三，今天下午，我們全家跟著牧場裡的一位廚師，和兩位打工大學生出外釣魚。我好興奮。一直跳來跳去，就像考了一百分似的。

釣魚的河流叫 Zheng River。他們都說，那裡有很多魚。Dan 教妹妹和我如何釣魚。開始時，我覺得難。可是，過了幾分鐘就不難了。爸爸很快就學會了如何甩魚竿。可是，媽媽一直學不會。

釣魚的時候，是用假蟲做餌。每一隻假蟲看起來都不一樣。形形色色，什麼樣子都有。妹妹一邊釣魚、一邊教 Dan 講中文。十分好笑。

雖然什麼魚都沒有釣到，還是很開心。明天就要啟程了，有些依依不捨。」

「稍息」牧場裡，有一戶戶的小木屋。就跟西部電影裡，由粗樹幹木頭蓋的住家沒兩樣。前門的走廊上，擺著一張長型木板凳和一張搖椅。屋內有個老式、站立型的鑄鐵壁爐，和直接通往屋頂的煙囪。壁爐裡燒著木頭，為房間帶來溫暖。主臥室內，半人高的雙人床上鋪著拼花布被子。地上躺著一塊超大號、橢圓型、拼花粗布地毯。窗外緊臨一條清澈小溪。

漆黑夜裡，清脆溪水聲，伴著粗獷、牛仔味的野草。徐徐的風，吹亮了滿天肆無忌憚的星星和熟睡中的女兒。

我捨不得睡覺，妄想著這就是永恆。

一樣寂靜的寶藍天空，掛著彎彎的月亮，和徹夜不眠的閃爍繁星。在地球的另一個角落。伊斯坦堡聖蘇菲亞大教堂外，亦有一個令人難忘的老客棧。

推開二樓角落房間，纏著蜘蛛網的原木

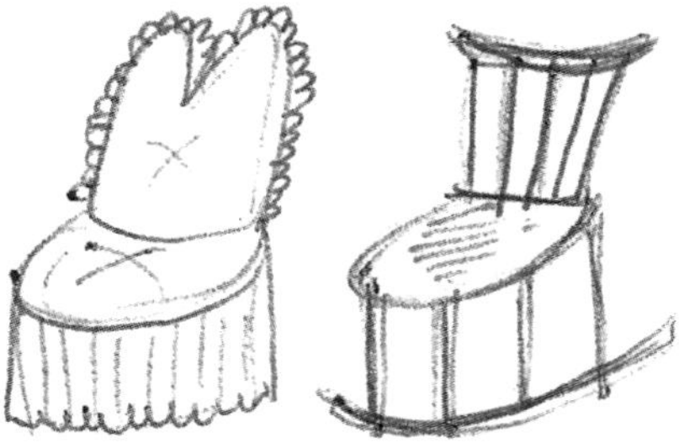

窗。聖蘇菲亞大教堂的後門，像巨人般的豎立在眼前。千年城牆的閣樓上，緊緊的圍著木雕的深咖啡帷幕。感覺伸手就可以觸摸得到。不知道是高森教堂的震撼，還是千年歷史的洗禮？突然忘了自己來自何方、去往何處。

不清楚這家客棧的實際年齡。房內黯淡的水晶燈光，把一根根床頭和床尾的古銅柱子，照的紅透了臉。大膽的棗紅色絲絨床罩，褪色到磨光的駱駝黃絲絨，法式讀書椅。搭配著薄薄一塊、紅藍米白色的手織波斯地毯。

千禧年的老客棧房間內，最令人難忘的是，它既沒有電話也沒有鬧鐘，櫃枱人員也不通英語。

清晨，天尚未亮。藍色清真寺正透過擴音器，像四面八方播放著嚴肅的祈禱文。似夢非醒，喚起了童年在中東的記憶。

祈禱停了，起床的動力緊跟著鬆綁，夢的續集才開演。忽然，聽到門外急速又迫切的槌門聲，其中參雜著鏗鏘有力的土耳其語，不知所云。

旅人驚慌的從床上跳起來，以為客棧有火災。倉皇的開了門，準備逃生。竟然發現門口站著一位不到二十歲的客棧小弟。手指著手表，說了一個英文字，

「Seven」（七點鐘），就跑去隔壁槌門了。

好在，在沒有智慧型手機的年代，不是每一家客棧，都提供用力槌門的叫醒服務。

美麗的西班牙塞維爾皇宮外，有一家佇立著中古時期盔甲戰士、吊著昏暗的阿拉伯吊燈的二星旅館。房間內，既有有線電話，又有櫃枱叫醒電話服務。唯一的問題是，電話拿起來，聽不見對方的聲音。

每回打電話給總機，恍如隔世。這令我想起，小時候，在家中手搖長方形的軍用電話。打長途電話給在外地駐防的父親時，對聽筒用力吼叫的急迫感覺。

詭異的是，塞維爾旅館總機聲嘶力竭的回覆，不是來自於聽筒的另一方。而是穿過四層樓板，從一樓大廳震動上來的。

丹尼有一支二十四小時、全年無休、漫遊無國界的手機。他完全不在乎二星旅館的有線電話不來電。但令他抓狂的是，六坪大的旅館臥室內，沒有手機和電腦插座。

那還得了！「公事是不能等的！」只要地球還在，公事就不能等！在窮急之

CLICK
CLICK
CLICK

下，丹尼居然將廁所洗臉盆右上方，牆壁上的電刮鬍刀插座接上了手提電腦。

半夜，身著BVD內衣的東方男子，振奮的拉下插座附近的馬桶蓋子。捧著電腦，一股腦地坐了下去。乍看之下，好似找到了阿拉丁神燈的阿里。

旅館巷口那家小酒吧內，長髮黑裙、深鎖眉梢的弗朗明哥舞者，隨著舞步，頓足拍掌，熱情忘我。隔壁皇宮內的金碧輝煌，牽扯著千年來多少的恩怨情仇。遠處鬥牛場上，短暫的寧靜。正是為了血脈沸騰的全民歷史運動，做人獸對決的完全準備。

但這些都不重要。因為，丹尼已經坐在旅館馬桶蓋被上，插上了電腦神燈。

夜深了！威尼斯Daniele旅館窗外的大運河，分外平靜。並排停泊在岸邊的一艘艘「貢多拉」(Gondola)，因為潮水的波動，碰撞出韻律。

孩子如天使般的睡著了。丹尼滿臉幸福的穿著白蓬蓬的厚浴袍，坐在Mulano水晶燈下的古董胡桃木床上，敲電腦。

我靠在滿天星空的窗邊，望著對岸聖喬治島的鐘塔、想著黎明將乘著Gondola，穿梭於運河支流的大街小巷、長短拱橋。走遍古城，到里奧托

（Rialto）果菜市場買水果、在聖馬可大教堂廣場餵鴿子、老咖啡館喝下午茶、逛到對面街道找面具，再走到天邊、沒有遊客的不知名村莊裡。小巷內，聽對窗的兩位老太太在大聲的聊天。

愉快的戴上黃色塑膠手套，走進皇宮衛浴，準備在洗臉盆裡洗幾件旅人的衣服。

慢呑呑的法國美食

在普羅旺斯和尼斯旅遊期間，發現了一個怪現象。法國人有分裂的飲食習慣！

趕時間時，他們可以手抓支光禿禿、連紙袋都沒有裝的長棍子麵包。不惜色相的變走邊啃，解決一餐。

一旦走進餐館，時鐘立刻為美食停擺。一頓晚餐，可以吃到打盹，還不見主菜的陰影。晚餐吃到要睡著，無怪乎隔日早餐會慵懶散漫。

普羅旺斯的春天早晨是忙碌的。住在亞維儂城堡的四天裡，幾乎天天被集體蟲叫、鳥鳴、狗吠，特別是充滿生機的陽光叫醒。

城堡的主人，馬克，是貴族的後裔。早餐的排場當然馬虎不得。葡萄牙女傭在我們睡醒之前，已經將潔白、厚實的壓花桌布鋪起。每個座位前，整齊的排列著古董銀刀叉、仿古餐具、小杯現榨橙汁、新鮮水果、玻璃瓶裝優酪乳、牛油、各式各樣乳酪、果醬和一束自家花園的鮮花。

一旦入座，女傭立即端上現烤出爐的牛角麵包、熱咖啡和熱紅茶。一歲的黑狗妮娜，亢奮的在餐桌周圍麻花穿梭著。得了喉癌又幾乎失明的咖啡老狗菲利斯，帶了五隻驕傲的胖胖貓出現，打了招呼，又有個性的集體失蹤了。

太陽透過十度的冷空氣，穿過城堡屋頂的窗子，繞過磚紅色的抽象石雕，刻意避開兩面牆上的抽象山水畫，嬌柔的灑在早餐餐桌上。頹廢的旅人終於在陽光中甦醒。

法國人的浪漫，如果無法從早餐中嗅出，那麼在那慢火烹調羅曼蒂克主義的大小餐館中，必能體會其中的甜蜜。

一日中午，我們四人在聖保羅德馮斯（St-Paul-de-Vence）的金鴿飯店（La Colombe d'Or）合點了一份沙拉。結果，沙拉沒到，卻上了一個大菜籃！

這家餐廳曾是印象派畫家的聚集地，壁上仍掛著畢卡索和馬蒂斯出名作品。老農莊也真有創意。點一份沙拉，他們索性把沙拉需要的所有材料全部放在菜籃裡給你。而且是，一大把芹菜、兩條粗黃瓜、兩顆胖生菜、一根長山藥、三只洋蔥、六個紅番茄、四粒水煮蛋，這樣子的給你。

跟著菜籃接踵而至的是一張鋪著白桌布的長方桌子，上面擺著十五盤搭配沙拉的開胃菜。在法國，要吃盤沙拉可真不容易！

又是午餐時間。喜來登拉著我們三人走進尼斯一家專賣松露的餐廳。據說，這種「菌類」只生長在普羅旺斯和義大利的 Cheme 樹下，是要靠豬和某類的狗才嗅得出地底下的松露，因此得來不易。

當我所點的主菜沙拉端上桌時，全桌一陣譁然。我們不敢相信，那幾片葉子上面的一小撮，看起來像褐色香菇的東西，就是我的主菜，松露！

喜來登和溫蒂在一旁搖頭感嘆。堅持那二十幾片薄薄的松露，要是換到香港香格里拉頂樓的法國餐廳，可能就會分給二十幾人享用了。

因為法國午餐的分量很不穩定，晚餐又往往要拖到深夜才開始上菜，下午茶變成一天的重頭戲。其中，亞維儂的 Simple

TEA
TRUFFLE

Simon最令人難忘。因為這裡的「下午茶」可以從早上十一點四十五分吃到傍晚五點，簡直是天堂！

Simple Simon不大。一開門幾乎會撞上一桌子美侖美奐的甜點。老闆也不知何許人也，但肯定非常了解客人的內心世界。咖啡是用比一般咖啡杯大一倍的陶瓷碗裝的。我們點了覆盆子派、巧克力蛋糕、檸檬起司和梨子塔，每一塊都有手掌撐開那麼大。況且，在法國吃甜點不用叉子，是用喝湯的大銀湯匙舀的。對甜點控的我，而言，真是無懈可擊！

到法國自助旅行，牢記每日一定要吃下午茶，除了滿足嘴饞之外，肚子裡儲藏食物，以備晚飯等不到時的「反芻」之需，是為上策。

從走進餐館坐下，到付完帳單走人，吃頓法式晚餐少說要花上三小時。三小時？在香港任何一家茶餐廳，我可以分十八次去吃魚蛋河粉了。但對法國人而言，吃飯應該是一種享受。好像去SPA一樣，全身放鬆的去感受每一口食物。

全身放鬆？問題是我們連菜單都看不懂，如何放鬆？溫蒂和喜來登只認識法文「松露」和「鵝肝」。我看得懂「沙拉」「鮭魚」「草莓」「起司」和「冰淇淋」。外子丹尼最厲害。天塌下來還是講同樣的那句法語，「對不起！我不會講法語。你會講中文嗎？」在對方驚嚇回覆不會講中文後，丹尼會問下一句，「那……你會講英文嗎？」

一個月圓的晚上，我們狗膽走進了亞維儂一家英文一竅不通的出名餐館 La Fourchette。餐廳裡坐著滿滿的當地人，除了我們，沒有任何遊客。在嘗試把四個人會講的全部法文單字都丟上桌子後，侍者還是滿臉法式問號。最後，溫蒂使出了最後的殺手鐗，抱出了一本口袋字典。

點菜的經歷固然頗富挑戰，等菜的過程才真是令人坐立難安。從侍者用單字詢問：「有氣水？」「無氣水？」「紅酒？」「白酒？」接著，全武門的搬出我方的單字和字典。直到第一道菜終於上桌，就需要一小時。

盼啊！盼！等了又等！終於，第一道菜千呼萬喚使出來了。竟然是一道沒有點的菜！「撒必思！」（日文：送的）

原本餓的一肚子氣。一見到「老闆送的菜」，氣也消了。

La Fourchette 的「撒必思」跟台北日本料理店「招待」的涼拌牛蒡不一樣。

它的用意不是討好客人貪小便宜的心理，而是為每一位客人量身訂作一盤「前菜前的前菜」。目的應該是幫客人的味蕾、視覺、嗅覺和心態，做起跑前的準備吧！

在細長的酒杯中，分三層裝著綠色毛豆醬、乳白色的嫩魚片和淡橘色的蔬菜泥。一個方型的盤子中央，鑲著一塊凸起似山丘狀的豆子慕斯。旁邊寫意地撒著拌著橄欖油和新鮮檸檬汁的番茄丁，和看似茴香的葉子。

吃一頓法國晚餐，好像看了一部三個鐘頭的漫長愛情片。其中包

括了很多次的中場休息。

其他桌的法國人，好像對千呼萬喚使出來的主菜司空見慣。但等菜等到快要打呼的四人，一旦見到主菜出現，先是倒吸了一口氣，接著停止呼吸、目光冷凍。說時遲那時快，只見光劍影、一陣廝殺，直到鴉雀無聲。

「你們吃的太快了！」依稀聽到遠方一位女侍者的回音。

食客幸福滿臉的抹去了嘴角最後一彎油。揮揮衣袖，步出了普羅旺斯的深夜。

法國SPA式的飲食經驗，往往占去了我們，除了睡眠以外，一半醒來的時光。有時候，我不知道，飛了大老遠到法國自助旅行，到底是來觀光，還是來吃飯的？

但每當想起城堡中慵懶的早餐。古老農莊院子裡，那支撐起St. Paul de Vence豔陽的大白傘。一棵棵吊著大小葫蘆的禿樹。坐過同一張桌子的畢卡索和馬蒂斯。一菜籃的沙拉。從早吃到黃昏的「下午茶」。還有那道等了一輩子的晚餐。又情不自禁的掉入，時鐘為了我們而放慢腳步、美食強作浪漫配角的亞維儂時空中。

在瑞士被搶

每次出國旅遊前，或多或少會對未曾踏過的土地，有所憧憬和期待。有時也會有偏見，或應該說，無知。

比方說，去西班牙之前，我做了萬全會被打劫的準備。想像會見到一個吉普賽人，在電扶梯上，彎腰撿他刻意掉在我腳旁的打火機。同時，我的身後會有他的同夥，靠緊著我。準備趁我幫吉普賽人撿打火機時，偷我的錢包。

結果，在巴塞隆納、塞維亞和哥納達，我們遇到的是一位八十二歲雪茄店老闆、海鮮餐廳侍者和鬥牛博物館嚮導的真誠、樸實和熱情。完全沒有碰見搶匪或扒手。

當然，我也曾為了要去倫敦而替全家人準備了一箱子的雨具。去法國前，苦練高中時學過又忘記的法文。戴上暗藏腰錢包去羅馬。研究最新版本的政治正確語言，去美國。背著高山症藥去麗江。

從來沒想到要準備的，是會光天化日下在瑞士被搶！憧憬那兒時日曆上見過的，風景最美麗、最富有的國家。詩意般的山丘和小木屋，與世無爭的世外桃源。一直保持政治中立，不參與戰爭。聽說世界上很多的有錢人，都放心的把錢存在這裡。真實版電影《真善美》崔普家庭的故鄉。

在瑞士盧塞恩（Lucerne），飽覽了皮拉圖斯山（Pilatus）的俊美，和她帶著翅膀飛龍的傳奇。冒著恐高，乘上三段塞滿遊客的電纜車，登上海拔一萬英呎高、終年雪不化

的鐵力士山（Titlis）後，我們拖著大小行囊，準備征服下一站。到一個沒有汽車的城市，策馬特（Zermatt）爬山。

就在離開盧塞恩的早上，噩夢發生了！早上九點，火車站裡很冷清，只有我們一家四口。火車如預期的準時到站，停站只有短短幾分鐘。丹尼負責安排十一和九歲的女兒上車，同時搬運行李。我負責在月台看剩下的行李。

一個二十來歲、穿著輕鬆的平頭男子，操著異國語言，拿著一張超大的地圖，像是在問我方向。我聽不懂，還瞎熱心亂幫忙的說：「這輛火車是去策馬特的。」當然，我們的交談沒有交集。沒有五秒鐘，平頭男子就不見了。

等我轉身再注意行李時，發現另外有一個男子，拎著一個非比尋常的超大黑色方型手提袋，沒命似的往對街跑去。那個手提袋比丹尼掛在大行李外的，筆記型電腦手提包大出很多。所以他的袋子不是我們的。但他為什麼跑的那麼快，像是做了壞事似的？開始感覺事情不妙。

這時，丹尼下車準備繼續搬運行李。驚然發現，他的筆記型手提包，裡面裝著PTA（電子記事本）不翼而飛。他本能的追到對街，想親自抓住那位提著大袋子跑得很快的男子。

我則忙著叫孩子下車，並請身著制服的車站人員幫助我們，打電話叫警察。沒想到，一位拿著旗子的老先生面帶難色地對我說：「火車還有兩分鐘就要開了，我沒空。」另外一位站在監控台的老先生對我說：「我聽不懂英文。」

丹尼氣急敗壞的跑回來說，小偷兵分兩路，他一個也沒追上。在追跑的路途中，不小心絆到路邊花架，臉和肩膀摔傷，眼鏡摔壞。最令他擔心和生氣的是，他所有的重要資料都在新買的筆記型電腦和電子記事本裡。其中還包括，假期中全家照的相。

火車站裡有一個遊客服務中心。我們的火車早走了。心情沮喪的拖著行李，準備去問他們如何申訴。

進了客服中心，先排隊。輪到我們，我就把剛才的遭遇一五一十的講給一個身材高又碩大的中年婦人聽。沒有想到，她居然兩手插腰，大聲又冷漠的教訓了我們一頓。

「這種事情每天都在世界各地發生，為什麼不能在瑞士？你們本來就應該負責照顧好自己的行李。如果自己不小心，被搶了，就去報警嘛！我已經有二、三十年的旅遊經驗。每次環遊世界，都小心謹慎的把所有重要東西綁在腰上。」

我聽了快要氣炸了。「對！或許妳很聰明。但我無法把筆記型電腦綁在腰上。如果妳無法幫助我們，起碼可以試著表現有點同理心。不需要如此的本位和不禮貌。」我說。她立刻降低聲量，告訴我們警察局在地下二樓。

警察局裡面有兩位二十一歲年輕男警察。耐心又同情的聽著我們的故事，做了很久的手寫筆錄。還上樓走了一趟肇事現場。最後，無奈的搖頭對我們說，「這種事情每天發生一、兩次。可是整個車站只有我們兩個人駐守。每天待在這寫報告都寫不完。根本沒空到樓上巡邏。」

「另外，我們國家現在對這些來自他國（東歐國家）沒工作的人過分的人道。就算抓到他們，也不會怎樣。最多關一天，就會被反對黨或人權團體抗議，幫忙把他們放出來。如果我告訴你，我們會找到你的筆記型電腦和電子記事本，我是在騙人。」

我問他們，為何不在火車站內裝上攝影機？「火車站是公家的。政府是不會花這種錢的。」年輕的警察回答。

我們幾乎不敢相信這是瑞士，一個已開發國家的警察會說的話！帶著失望和無奈，找到了火車站裡的診所。醫生為丹尼做了檢查，傷口清理和治療，打了破傷風針。年輕的醫生之後語帶哲理的祝福我們。「放心！你會治癒的。繼續你們的假期和旅途，到策馬特去爬山。人生必須走下去啊！」

火車離開盧塞恩的時候，已近黃昏、窗外的風景迷人依舊。比丘陵高一點的山，鋪著如地毯般的天然綠草地。三三兩兩依靠著稀疏樹林而立的木屋窗台前，彩色的小花開心自在的搖曳著，好像在跟我們打招呼。疲憊的四個旅人，回想著自己無知的憧憬與偏見。一邊感恩家人平安，一邊鼓勵自己，旅途必須走下去。

住商混合大廈

這輩子，我住過許多不同類型的房子。

小時候，住在嘉義東門町眷村的一棟日本房子裡。夜晚，常常跟著大人與來串門子的鄰居，坐在四棵高大的土芒果和椰子樹下，點著鱷魚蚊香，嗑瓜子聊天。每到夏天，媽媽種的曇花和夜來香就在夜晚爭奇鬥豔的盛開。院裡的桂花、秋海棠、扶桑及大紅門上的桃紅色九重葛，百花齊放，吸引眷村裡的鄰居們，包括報社記者，前來欣賞和報導，好不熱鬧！

少年吉達的家，永遠飄著沙漠吹來的細沙。是一棟淡粉色的雙層洋房。千坪大院子裡，種著耐四、五十度高溫的粉黃夾竹桃和沙漠綠洲植物。父母常常在院子或客飯廳宴請外國賓客。除了中國菜，有時還會請專人準備阿拉伯名菜，現烤旋轉全羊。美味極了！那棟大房子的二樓，有段時間住著一位非常客氣、天天在發電報的情報員伯伯，十分神祕！

初中畢業，跟隨父母從沙烏地阿拉伯返國後，初次搬到陌生的台北。剪了個耳上一公分頭髮，住進一棟要爬四層樓梯的房子，叫，公寓。

接著，搬去聽得見松山機場飛機起飛和降落的，敦化北路將官平房。院子裡，父親種了萬年青和桂花，養了一隻活蹦亂跳叫 Happy 的狗。還養了陸續從路上救回家的，五隻受傷鳥。其中只有一隻取了名字，叫「小黑」。

出國留學時，住過美國大學不同的宿舍。回到台北出社會時，內湖租屋裡只擁有一張床和一個餐桌。結婚後，遠離塵囂，搬到觀音山對面的關渡山上，一幢三層樓透天厝。院子裡種了三棵白色和粉紅色的茶花樹。之後，搬去警衛森嚴、有副總統做鄰居的東區古老大廈。

香港二十年。住在一棟擁有維多利亞港無敵海景的半山大廈裡。對門住著溫和有禮的高等法院大法官一家。樓上曾住著沒見過的罕俐。樓下有一位養了三匹賽馬、每天西裝筆挺準時上班的九十歲鄰居，郭老伯。六樓住著一位美國商人，聽說他常義務幫忙香港警察，拆解二次世界大戰埋在地底下的未爆彈。

大廈外有一條環繞半山、來回八點六公里、綠茵滿布的萬步天堂，寶雲道步道。

從香港搬回台北前，開始在台北找一個地點方便的家。最後選中了高中時期曾在這裡做過家教的熟悉地點。這棟中古屋大廈，坐落在東區捷運站上面。外頭車水馬龍，三不五時還夾雜著救護車鳴笛聲。

樓下有一個全年無休的二十四小時超市。帶著三個乖巧寶貝上班的媽媽洗衣店。二十四小時速食店、文具店、四家銀行、電訊業分店、日本藥妝店、手機維修店、服飾店、捷運地下街和路邊攤。附近有六家醫院、七家超商和數不清的餐館。

香港好友凡妮常說：「人老住旺地。住在熱鬧的地方，去哪都方便。年輕人才會來看我們。」

從香港搬回台北，住進這棟東區大廈後，才了解什麼是「住商混合大廈」。

當初買這戶房子時，很喜歡對門一位和藹可親又幽默的八十幾歲孫媽媽。自從孫媽媽搬走後，她的房子賣給了一個牙醫診所。牙醫是日本某醫學院的博士。

家門外，開始有絡繹不絕的家長帶著小朋友來矯正牙齒。診所門口排滿了大小拖鞋，好不興旺！

樓下原來也是住戶。長輩搬走後，年輕一代把房子租給了一家咖啡豆進口商。四十幾年的房子，有很多暗藏的通風管道。有段時間，我的更衣室衣櫥一打開，就會有嚴重的菸味。奇怪了，家中沒有人抽菸，大樓也禁菸，怎麼會有菸味？感覺好像是哪裡有一個抽菸工廠，裡面有一堆人在那裡拚命的抽菸，把菸味吹進我的衣櫥裡似的。買了各式各樣的除臭劑，外加一台空氣清潔機，還是無法去除。

實在沒辦法，只好硬著頭皮去敲鄰居的門。大門一打開，無法看清楚鄰居，只見煙霧彌漫。濃濃的菸味迫不及待的衝了出來。原來，樓下在屋內抽菸！他們的廁所就在我更衣室的正下方。透過通風管，菸味居然強烈到可以飄進我的衣櫥！溝通無效後，我們只好花錢，將衣櫥後暗藏的通風口封閉。不久後，聽說咖啡公司搬走了。煙也就散了。

幾個月後，樓下兩戶搖身一變，成了一個喇嘛道場。門廳布置充滿密宗色彩，身著暗紅色僧衣的新鄰居開始進出電梯。

一個禮拜天的早上九點，突然聽到長號，低沉、深遠又震撼的聲音。嚇了一大跳。不知道樓下發生了什麼事情？接著，鼓聲、嗩吶、金剛鈴、法螺演奏聲，像是在辦喜事似的，活潑跟進。從此，常見喇嘛教的信徒們進出電梯。他們總是特別客氣、低調，好像有點不好意思似的。

這棟「中古屋」，裡裡外外看起來都是老老的。聽說十幾年前有拉過皮。肉色的外牆，包圍著常常翻新的電子和帆布廣告。這為大樓帶來一筆不小的收入。因此，管理費異常的便宜。每隔幾年，管委會還會發給每戶一筆廣告收入。管理員稱這個大廈是「金雞母」、「聚寶盆」。

大廈裡有兩家靜悄悄的醫美診所、假髮公司、旅行社、植髮診所、幼兒才藝班、小學英文補習班、高中英文補習班、美容院。聽說，曾經還開過一間民宿。去年，頂樓開了一家瑜伽教室。電梯裡的乘客比例，忽然從低調的喇嘛教信徒，換成背著瑜伽墊的美女俊男。

因為從沒住過如此繁忙的大廈。有時覺得自己好像是住在一個立體的商圈裡。有時候，還會經歷很新鮮的住戶互動。

在此之前，一輩子沒有碰過樓上漏水到家裡的恐怖經驗。房子買時，經過設計師設計，將整間房打成毛胚重建。每條水管、瓦斯管、電線管、冷氣管、洗衣烘乾機管、有線電視管、網路管、有線電話管等，都是新的。怎麼會料到其他家，包括大樓管路，會漏水到我家？

樓上廁所水管的內管，因為年久失修而漏水，居然滲水到我才剛趕走菸味的衣櫥裡。樓上陽台內管漏水，厲害到穿透我陽台天花板，水直接落下。樓上外牆漏水，滲透進入女兒牆，造成內牆起泡泡。跟鄰居溝通幾次無解後，發現最有效的解決方法，就是自己花錢找專業，把自己和樓上漏水的問題一起徹底解決。利人又利己，一勞永逸。這是住在老大廈裡所學會的與鄰居和老房子的相處之道。

重建這戶房子時，刻意設計了內收半坪做玄關，如此能不占用公共空間。一回，從香港回來，發現內收玄關椅子上，放了一個摩托車黑色大頭盔，嚇了一大跳！差點沒叫出聲來，以為小偷上門偷東西，還立刻通知樓下管理員，準備叫警察。後來，一名騎士不知打哪冒出來。他說，他在等對門診所開門，暫時把頭盔放在我家的玄關椅子上。

又有一次，請了三位女朋友來家裡午餐。門鈴響了，甫開門，三位客人後站著第四位我不認識的客人。穿著黃色長雨衣的女生，態度非常自在。原來她是對門診所新聘的助理。她說，她想先在我家的玄關椅上休息一下，吃個便當，再去上班。

客人離開後，我三步併兩步的衝到樓下，驚魂未定地向管理員投訴此奇怪行徑。打掃清潔先生剛好在一旁。他笑嘻嘻的縮了縮肩膀說：「那有什麼？你們住在香港時，我天天都到你家玄關裡的椅子上睡午覺。」

當時聽了真是哭笑不得。為了避免再發生陌生人不請自來到自家玄關休息的事件，只好在玄關外裝一扇鐵門，恢復門前的平靜。

住商混合大廈，往來的人多又複雜。郵件、網購包裹、送貨、Uber Eats、裝潢搬運沒有停過。管理員的工作異常繁忙。

領班管理員，長得方頭大耳。講話和笑聲都很爽朗，像個善良的警察。只要是輪到黃先生值班時，警衛亭外就會變成大樓的交誼廳。兩位癮君子鄰居，幾乎是全天候像兩個門神似的站在警衛亭旁聊天。每位鄰居經過黃先生的警衛亭時，必定停下腳步，東南西北的瞎扯淡一番，才甘心回家。警衛亭居然也能變成是一個療癒心靈之處。

大樓也有很多趣事。某日傍晚，我們正準備開車離開露天停車場。車子前突然出現兩排排列整齊、雙手合十的虔誠民眾。其中一位走過來跟我們道歉說，有位活佛即將到臨，為大家祈福。他說，如果我們喜歡，也可以留下。

不久後，活佛真的出現了。他為每位民眾的脖子上掛了一條白色圍巾，還對他們講了些祈福咒語。民眾們興奮無比，想要跳起來歡呼，又不好意思叫出聲。

又是一個傍晚，我們的車正要駛入停車場時，發現門口有位喇嘛站在一輛車旁，對車子上空撒玫瑰花瓣。天空中頓時出現無數花瓣飄落，好不美麗！在電梯裡遇見了花瓣車主和喇嘛，我直接請教，為什麼他們剛才在撒花瓣？車主說，喇嘛是在幫他新買的車子祈福。接著，喇嘛立刻客氣的問我們，要不要也幫我們車子祈福？頓時感覺，住商混合大廈裡也很有人情味。

有天中午，從外面返家。在露天停車場裡，居然看到多年不見的對門鄰居孫

媽媽。因為行動不是很方便，現今九十多歲的孫媽媽是由兒子和家人攙扶著。孫媽媽笑咪咪的，幽默依舊。她說，她太想念這棟大廈了，想要回來看看。

很難想像，孫媽媽會想念現今已經五十歲的住商混合大廈，但似乎又很能夠想像。雖然我們的孩子不是在這棟大樓裡長大，但是這裡卻有她們每次回台灣，回家的美好回憶。凡妮說的不錯，孩子們的朋友都喜歡來我們家聚會，因為地點太方便了。

小時候，在東門町眷村芒果樹的家裡長到十一歲出國。在國外，看到父母那麼辛苦又努力的做外交，還不懂事的常跟父母嚷嚷著想要回國。過去這幾十年，好像就是在出國回國、回國又再搬出國的日子中度過。其中，住得最久的城市是心愛的香港，兩個孩子更是在香港平安的長大。那裡有全家一起成長的美好回憶，還有非常想念的老朋友。

六年前，從香港搬回台北。就在這棟老老的、門口小黃隨叫隨到、混搭著小公司和住戶的大廈裡住了下來。

這裡沒有維多利亞無敵海景，但天氣好時，客廳窗外可以看到遠處的陽明山。這裡無法像在眷村一樣到處串門子，但整個東區像是個超級大百貨公司般，到處可以串門子。這裡沒有一條只准行人和寵物行走、綠樹環抱的幽靜寶雲道，但只要空氣好，這是一個方便走萬步的城市，尤其是走進社區的巷弄裡。家家戶戶門前，驕傲的展現著自己種的各式小盆栽。社區小公園裡，十分幽靜，唯有四季分明的花草樹木，自由自在的迎接著陽光或細雨，盛開奔放。

這棟大廈不是純住宅，但小型商業公司都非常安靜和自律。他們有自己的節奏，跟住戶並不衝突。

過去從沒住過商業區，或住商混合大廈。不曾想像過，住在一個二十四小時、全年無休的超市和捷運站樓上有多方便。沒有在停車場裡看過活佛，或喇嘛為車子祈福撒花瓣。遠處傳來熟悉的救護車鳴笛聲。祈禱平安！

這裡就是家。

發呆團

二十三年前，我們兩對開始結伴旅遊。

道理很簡單，就是臭味相投。

我們不喜歡參加旅行團。因為，早上起不來吃七點鐘早餐，也沒有辦法在搖晃的遊覽車上保持清醒，聽導遊透過麥克風鉅細靡遺的講解歷史。想到每天要跟著拿旗子的領隊換景點、趕行程，就會頭昏。

我們喜歡自由參觀博物館內陳列的歷代文物、油畫雕塑、皇冠寶劍、豪氣萬千的盔甲兵器、碩大壁毯

編織的戰爭故事，敘述著「勝者為王、敗者為寇」的歷史。

競技場內曾經轟動一時的造神運動。教堂彩色玻璃窗上，完美的聖經故事。回教寺一日五回的可蘭經廣播。戰爭中炸平，戰爭後就地重建，還原歷史的國王古堡和教堂。沒有導覽。統統令我們震撼。

無奈，我們一天的古蹟賞味期限，最多只有三個小時。當第一個人開始出現呆滯現象，另外三人很有默契的就會跟進。

說穿了，我們最喜歡的旅遊，就是坐在路邊喝咖啡發呆、坐在火車上亂編故事。放慢腳步、漫無目的走一個城市。跟當地人聊聊他們的生活，去不認識的菜市場裡，發掘在地新鮮水果。到伊斯坦堡市場裡殺價，買一張波斯地毯。

在德國高速公路上飆車。坐在沒有觀光客的餐廳裡，點一份看不懂的菜單、吃不懂的菜、品嘗各式各樣沒吃過的甜點。看一齣聽不懂、沒有翻譯的德文《魔笛》音樂劇。洗一個身體幾乎被解剖的土耳其浴。

在普羅旺斯開往尼斯的火車上，一對高雅的婦人在我們前排座位，面對面的坐了下來。一開始，我們是被她們兩位的氣質所吸引。一絲不苟、銀白如絲的短髮，勾勒出美麗的淡妝輪廓。細膩的首飾，搭配著簡潔保守的洋裝。

自以為車上沒人聽得懂中文。我們開始小聲的編故事。

一人說，她們一定是姊妹。「你看，她們倆高矮相當、相貌神似、神韻純樸。到了這個年紀，還能夠結伴出遊。真是不容易！」

另外一人，可能是因為剛剛在普羅旺斯，兩位同志開的民宿住了三天，受到影響。斬釘截鐵的說：「她們默契十足、渾然自在。不需要說話，一定是伴侶。」

隨著火車疾速前進，漸漸看不見普羅旺斯的田野。我們開始低音納悶，「她們倆，為什麼一路上都不講話呢？」

「可能她們剛剛去參加了什麼活動。心情不好，講不出話來了？」

「不對！我仔細觀察，覺得她們一副不顧對方存在的神情，是在冷戰。」

火車到了下一站，停了下來。

女主角之一忽然下了車。

「之二」不但沒有結伴下車、沒有說「再見」、沒有反應，甚至根本沒有發現「同伴」的離去。形同兩個陌生人！

我們集體錯愕！

「陌生人?!」

「原來，『姊妹倆』根本不認識！」

旅遊有很多時間是花在機場等飛機、火車站等火車。無聊的時候，我們編了不少故事。有時，也順便把自己編進了故事裡。

走進布達佩斯火車站，有一種步入時光隧道，回到一九五〇年代的感受。火車站的餐廳裡，天花板挑高兩層樓。服務人員身著白襯衫、黑長褲。棗紅絲絨布幔窗簾，襯托著米白色木框大窗子。牆壁穿插著氣派的木頭雕刻和淡橘紅色壁紙。灰色大理石地板，規則的夾雜著小長方型橘紅色磨石地磚。紅色人造皮，鑲著暗金邊的橢圓型靠背餐椅，搭配著同系列餐桌。

這場景像極了二次世界大戰後，共產國家的氛圍。起碼，我們的膚淺認知是如此的。

餐廳裡沒有其他客人，火車還有一個鐘頭才到站。丹尼和我覺得，這是天時地利人和，扮演「電影版」特務交換情報的大好機會。

喜來登做導演。溫蒂掌鏡。卡麥拉！

兩位菜鳥特務用手摀著嘴巴交談，躲在菜單後面交換「包裹」。起身，擦肩而過，不經意的傳遞一張「小紙條」給對方，全部入鏡。

跳上從布達佩斯開往聖坦德（St. Andres）的通勤列車後，發現火車比餐廳更老。溫蒂索性把照片全部改成黑白色，讓我們的畫面通通跟隨著火車年代，開向歷史。

發呆團（二）

五年前，我們四人決定一起去德國玩。

每次決定要去哪裡玩的過程都很有趣。喜來登是全世界哪裡都想去。溫蒂夢想是要去非洲大草原，看野生動物奔馳、大搬家。丹尼最想去搭迪士尼遊輪。我嚮往回去兒時曾住過的中東，找老房子、老鄰居、老市場。最後，我們四人最常同遊歐洲。

為了要去德國，溫蒂買了四大本旅遊書交給喜來登研讀。喜來登還交了新的德國朋友，認真的討教該去哪裡玩。研究結論是：德國太大了！我們可能需要花四次才能夠初步的認識這個國家。其中，四個該去的區域分別為：南部，東北部，西北部，還有黑森林、萊茵河和奧地利。

第一次，我們去了羅曼蒂克的南部。

從法蘭克福國際機場坐公車到海德堡，只需一小時。但機場實在是太大了，光是找公車站，就迷路了四十五分鐘！

海德堡古城不算大。房子都是連在一起的低樓層巴洛克式建築。我們住在一家有小花園和碩大玻璃屋、四代經營的中型旅館。旅館大廳的裝潢古典貴氣，長廊屋頂上吊掛著一整排大型古董水晶燈。寬敞的階梯上面鋪著厚重的地毯，牆壁上掛著大概是不同祖宗畫像的大幅油畫。瞬間望去，彷彿走進一間古堡。

甫上樓，走進房間，空間完全變成現代化。印象最深刻的是，玻璃窗戶很大，沒有紗窗。我最喜歡住窗戶可打開的旅館，尤其是歐洲古堡的窗戶，往往瘦長高大。窗戶一打開，立刻有大量的新鮮空氣和涼風吹進來。

但這間旅館的窗子很大，卻無法左右拉開。我們著實花了不少時間研究。最後，還是按照說明圖，才打開窗子。

窗子可以前後一百八十度的前撲後仰。要打開窗戶，就想像自己幾乎趴在一個衝浪板上似的，往外推倒出去。或者，反方向，往後仰，把窗子扳倒似的往房裡壓下。角度任由自己調整。兩個人光是玩窗子就忘了時間。

一到海德堡就被告知，九月最後的一個週末，也就是當天，是「海德堡之秋」（Heidelberger Herbst）！這是已經行之有五十年的「豐年祭」。慶祝秋天到臨，葉子變顏色，水果、穀物豐收。

近九百年的古城中，擠滿了各式各樣的小攤子。每隔幾個攤位就會看到「新酒」（New Wine）、乳酪、自製果醬、肥皂、香水、手工藝品、兒童遊樂設施和各式各樣的小吃。

海德堡城內的每一個主要街角，似乎都有一個比前面街角大教堂更大的教堂。在教堂和廣場前，舉辦著不同性質的演唱會。

當然，廣場內最吸睛的，必屬煙霧瀰漫、燒烤德國香腸的攤位了。聽說，德國香腸有超過一千五百多種。高，矮，胖，沒有瘦，各顏各色，各種口味。除了體積比台灣香腸、外省臘腸、美國熱狗巨大之外，肉質多汁，爽脆滑嫩，不油膩。吃一個絕對不過癮。

德國食物分量很大。每一家餐館在上菜前，都會端出一籃新鮮的繩結麵包。就好比西餐廳在上菜前，會提供熱麵包一樣。一個繩結麵包，少說有一個臉龐那麼大。揪起一塊QQ、有彈性的椒鹽，鹼水繩結麵包品嘗時，突然幻想起自己是在中古時代。寒冬家裡的溫暖火爐旁邊，啃著乾糧，幸福滿分。

造訪過的海德堡餐廳裡，最拿手的兩道菜，就是炸豬排配酸菜加高麗菜沙拉，和豬腳配各式各樣的小菜。德國的炸豬排，不像台灣的君悅排骨那樣，剛從炸鍋拎出來，香味逼人，還在冒煙滴油。也不像日本炸豬排，裹著油漬漬、脆又酥綿的夢幻裹粉。

德國炸豬排很斯文，幾乎看不出有在滾滾油鍋炸過。薄薄的金黃裹粉非常細膩，既不油漬漬，也沒有冒煙。豬排厚度雖薄，面積卻很大，幾乎占去一個晚餐盤子的七、八成。一口咬下才冒煙，夠熱，但不會燙到。驚人的鮮嫩、多汁，細緻可口。

FRAN
ÇAIS

德國豬腳賣相不可能有多好看。一盤豬腳分量大到往往超過一個餐盤，必須要用特大盤子盛裝，感覺可以餵飽兩家人。烹調方法似乎有很多種；烤的，煮的，炸的，醃製烹調的。每一家餐館的做法都不同。一盤可以餵飽兩家人的豬腳，每次都被我們四人瓜分光光。

離開海德堡前，搭上三分鐘纜車，爬上了擁有浪漫歷史、歷經三次戰爭、人為縱火、重建還原面貌的海德堡古堡。在古堡城門外的小鋪，我們先各自買了一根德國香腸，大快朵頤。

倚靠著古堡城牆邊往下瀏覽，美麗的古橋橫跨著優雅的內卡河。緊臨著河畔，林立著大大小小的紅瓦房建築、海德堡大學、高聳教堂，和諧又寧靜的點綴著古城，如詩如畫。

記不得從海德堡搭火車到慕尼黑花了多久時間。喜來登和丹尼買了打六折的頭等艙座位。上了火車才知道，頭等艙是由一半玻璃隔間，隔著的一間間小房間。每間最多可以坐六個人。像極了老式間諜電影裡，間諜和敵人在拚個你死我活前，先來一場鬥智戲的藝文場景。身歷其境，忽然有種神祕特務的感覺。

車廂裡真的出現了一位稀客。他不是敵人，是位德國經濟學教授。一路上，我們好奇的向教授請教，德國的政治、經濟和民情。

他大方的回覆我，有關一般德國人對當時德國容納了一百八十萬敘利亞難民的感受。他覺得德國必須這麼做。任何國家都應該有人溺己溺的責任，對難民伸出援手。他說他從小學開始，每一班教室就會安排差不多五位難民同學。那時候，大多是土耳其人。小朋友們從小在自然的環境裡，學會了尊重來自不同國家和文化的同學。他覺得今天的德國，就是一個有著多元文化和種族融合的國家，這是令人驕傲和振奮的。

教授在我們前一站下車。下車前，我告訴他，我們對於德國當今政府勇於針對二次世界大戰時期、希特勒所領導的極權政權所造成的重大傷害，向世界道歉，非常佩服。教授說，那是德國政府應該做的，也是我們對歷史的反省和學習。我們都很同意政府如此做。雖然道歉無法改變歷史已經造成的傷害和痛苦，但對世界和德國都非常必要。

還是記不得火車從海德堡開了多久才到慕尼黑。因為跟德國教授聊的太起勁，完全沒有時間欣賞窗外的風景。這一段不長的火車之旅，開啟了我們對現今德國的初步認識。

發呆團（三）

到慕尼黑參加 Octoberfest 十月啤酒節，原本是抱著去見證一年一度的盛會，「看熱鬧」的心態。因為，除了喜來登之外，我們三個人根本不喝酒。

到了慕尼黑才發現，不喝啤酒也可以參加啤酒節。德國人還為不喝啤酒的人，發明了沒有酒精的啤酒。這種被平等對待的感覺很好。也因為在慕尼黑發現，這個世界上居然會有沒有酒精的啤酒後，才陸續發現，原來很多國家都有，包括「台灣啤酒」。

慕尼黑啤酒節長達兩週。搭乘地鐵，很輕鬆就能直達啤酒節目的地。場地比想像的大很多。一進門，先有遊樂設施。啤酒節主題區搭起了十六個大帳篷、二十一個小帳篷裡。每一個大帳篷最少可容納一萬人。每一個帳篷的造型、主題、服務人員穿著、菜單、酒類和現場樂團完全不同。七個鐘頭裡，我們只來得及去三個大帳篷喝啤酒。

下午三點到場時，巨無霸帳篷內已經坐了二分之一的亢奮人群。一排排井井有條橫向延伸到帳篷兩邊盡頭的野餐桌椅上，鋪著搭配帳篷主題色系的歡樂桌布。人潮陸續輕鬆進場。現場音樂表演不斷。五點前，萬人帳篷已經坐滿。聽說，這裡每年會擠進六百萬名遊客，消耗六到七百萬公升的德國啤酒。

帳篷內，另一個亮眼焦點是，身著 Dirndl 春天花草色系、華麗傳統巴伐利亞連衣裙的女士們。還有穿著麂皮及膝吊帶短褲、搭配各色系格子襯衫的男士們。好像北歐童話故事中的小女孩和小男孩。

十月啤酒節裡什麼都大。帳篷大，香腸大，豬腳大，雞排大，編結麵包比外面買的更大。高大女侍者，兩手可以同時抓八到十杯，盛滿一千五百 CC 的啤酒。臉不紅氣不喘。

至於啤酒節到底在帳篷裡做什麼？無怪乎就是集體大吃、大喝、大聲唱歌。

當然，還少不了跟左右前後鄰居舉杯、敬酒，手挽著手跟著音樂左右搖晃。我們根本不會講德文，也不知道在大唱大笑什麼，只記得大聲的合唱過「嗡趴趴」。

整個啤酒節活動，在占地四十二萬平方公尺，少說二、三十萬遊客的範圍裡，管理的井然有序，治安一級棒。我們也是在換帳篷的途中，看到一個人喝醉酒，倒在地上。立刻有一組年輕男女警察，大約六、七位，迅速、從容又安靜的出現。先把醉客圍成一圈，觀察他的情況。再集體、穩定、訓練有素像幫助朋友似的，協助那位醉客靜靜的離開現場。

園區內，有一部部的小型警車，沒有警笛或警報燈，牛步緩慢，友善又靜悄悄的在巡邏。幾乎不感覺他們的存在。讓遊客感覺安全、自在又被尊重。

回飯店的地鐵上，坐著不少臉紅紅、醉醺醺、身著華麗巴伐利亞服裝、剛剛參加完啤酒節的遊客。有人靜靜的歪著頭睡著。有人一手勾著車廂內門邊把手，身軀非常努力的在站立睡覺。可能是唱累了？全車鴉雀無聲。唯獨可愛的後啤酒節場景，斯文的令人驚嘆。

「嗡趴趴」萬人大合唱餘音繞梁。沒有酒精的啤酒尚未回神。忘不了帳篷內萬人玩海浪，高歌不會唱的歌。忘不了集體暢飲、大吃大喝。忘不了如此大規模的人群聚集，不見滿目瘡痍、群聚鬧場，唯有秩序井然。忘不了從容的警察、溫柔的醉客。忘不了在慕尼黑暢飲人生第一杯沒有酒精的啤酒。

萬人皆醉我亦醉。好一個 Octoberfest 十月啤酒節！

發呆團（四）

紐倫堡是個有特別歷史意義的德國城市。

二次世界大戰末期被炸成廢墟，這裡有一個原地重建的「紐倫堡城堡」（國王古堡）。一座記錄和陳述納粹黨歷史文獻的「檔案中心」。一九四五年戰後，為期兩百多天的「紐倫堡大審」，就是在這裡審判二戰期間的德國戰犯。

紐倫堡是德國巴伐尼亞第二大城市，位於德國中部。自中古時代至今，一直是巴伐利亞的工業中心。戰後七十五年的今天，紐倫堡似乎仍持續在進行城市重建工程。

從慕尼黑到紐倫堡的車程大約一個半鐘頭。下了火車，艾美旅館（Le

Meridien Grand Hotel）就在火車站對面。拖著行李徒步兩分鐘，包括等紅燈，就直接走進古典的旅館。

因為房間尚未整理好，我們乘機跳上旅館門口的九號電車，坐到最後一站。在納粹黨代表大會原址建立的「檔案中心」下車。奇怪的是，火車和電車上都沒有人檢查我們手上的車票。

「檔案中心」是一個既嚴肅又深具反省的歷史遺址。原本以為這裡會陰森森、殺氣騰騰、驚慄恐怖。因為，當年希特勒就是在這個占地十六平方公里舉行納粹黨代表大會。從一九三三年建築到一九三九年終止。最後只完成了兩個集會廣場和一個遊行大道，用來做軍事遊行，類似一個希特勒造神運動的意識型態代表地。

在現代建築的「檔案中心」大門口，看到屋頂有一個很突兀的長伸展台，從建築中伸出來。

走進該伸展台觀望，或直接走出「檔案中心」新建築，來到了黨代表大會遺址。民眾可以看到，為了造神希特勒，所建設的龐大紅磚建築。

「檔案中心」設計現代化。按照歷史時間順序，細膩客觀，以第三人稱的旁白，沉重又嚴肅的陳述著當時納粹黨和希特勒的歷史。

其中，有多部歷史紀錄影片，幫助我們回想到，當時德國由希特勒帶領納粹黨，極權統治國家，甚至侵略周邊國家的震撼時空。紀錄片中，訪問著歷經猶太大屠殺時期的幸運存活者。當今已年近百歲，一一敘訴著當時某天所發生的事，如何他逃過那場浩劫。當然，也有高齡德國人，敘訴著當時納粹黨如何控制每一個人的思想，必須效忠希特勒和納粹黨。

記得在「檔案中心」看到一個影片記載著，紐倫堡在一九四五年二戰結束前，曾被英美盟軍連續轟炸了十天，幾乎被全數摧毀。當時的居民死傷慘重，能夠逃的就逃出城。

戰爭結束十個月後，紐倫堡市政府請流落在外的居民回家，一起徒手重建家園。這包括花十三年重建複製有八百年歷史的聖詹理斯大教堂，以及重建部分被炸燬的紐倫堡古堡。重建的過程中，政府一一詳細的記錄和保護曾經在這裡發生過的歷史。城市如何被摧毀再重生。

我們看到了年輕的德國父母，推著嬰兒車，拉著很小的孩子，來參觀「檔案中心」。耐心又輕聲的對孩子們解釋，每一個歷史畫面和文獻，所代表的意義和影響。

記得在前一站，慕尼黑。我曾經請問過，特別從奧地利開車過來陪我們參加啤酒節的溫蒂妹妹和妹夫。「你們有沒有參觀過納粹集中營？」

溫蒂的奧地利妹夫漢斯說：「我們到了十四歲，學校老師就會帶我們去參觀納粹集中營。對，奧地利也有，歐洲很多地方都有。」

「我們都恨死了！我們走出集中營都會哭。雖然，從小在歷史課本中，都有學過希特勒對人類造成的巨大傷害。老師也特別在事前再三跟我們解釋，讓我們心理有所準備，還把男孩和女孩分開來參觀。但直到親自參觀了集中營，才有深刻的體悟。他們有多麼的殘暴。」

「我們都會說：『痛恨戰爭！痛恨大屠殺！永遠不要做這種事！』」

在紐倫堡古堡沒有被二戰炸燬的原始塔台閣樓頂上，最多只能站五個人。我們碰到了一班小學六年級的學生和老師，他們活潑的分布在狹窄的不同樓層空間中。凱文發現我手上拿著一支蘋果智慧型手機，滿臉稚氣和陽光的跟我用英文聊了起來。他先給我看他的4S手機。他說他想換一支大一點、最新款的蘋果手機。但他的媽媽告訴他，現在這支手機已經夠好了，不需要換。凱文說，他每個月要存二十五歐元，付他的手機月費。他問我，「蘋果在中國會不會便宜些？」

凱文班上的二十位同學，由三位老師帶領，從德國的另一個城市來紐倫堡一週。特別學習和參觀二戰戰前、二戰歷史和戰後重建的紐倫堡。

我請問其中一位站在凱文旁邊的女老師，「孩子們對納粹在當時德國的反應。」老師想了一下，沉靜的說：「那是一個很糟的時代。」

「孩子們十四歲時，我們會帶他們去參觀納粹集中營。他們參觀過後，都會很悲傷。」

「不光是他們。我是個成人，連我去法國參觀納粹集中營時，都好難過！那真是一個非常壞的時代！」

一個國家，願意面對歷史、對自己、包括前人的所做所為而反省，從中學習。甚至，為前人所犯的嚴重傷害和錯誤，向世界道歉。這是很多國家做不到，或不願意做，或還沒有做到的事。

道歉，或許永遠無法改變已經造成的上千萬人及家庭的終身痛苦和傷害，或許永遠無法撫平傷口。但至少可以幫助自己國家和世人一起面對歷史，謹記不要重蹈覆轍。讓亡者不會平白無辜地犧牲了寶貴生命，更幫助自己的國家和世人往前看。

紐倫堡古城，在歐洲的古城中稱不上多美。但一旦了解，這裡在中世紀曾是多位德意志國王居住的城市、國王直轄統治的城市之一、擁有德國第一段鐵路，也是德國的工業中心。一九三三年，由希特勒領導的納粹黨執政，曾在此把希特勒的獨裁行徑和意識型態捧上天，風光一時。二戰結束前，紐倫堡被炸為平地。戰後十個月，逃離家鄉的居民全部返鄉，聯手重建破碎家園，紐倫堡跌至谷底而後生。

在紐倫堡，我看到了不向命運低頭的能量。願意集體面對、保護、教育歷史的態度和責任。在紐倫堡，我看到了現在的德國，一個懂得反省、充滿正向和希望的國家。

發呆團（五）

我們四人有一個共同旅遊願望：在德國高速公路（Autobahn）上，開一部德國車子，無速限的奔馳。

在德國紐倫堡火車站的租車公司，租到了一部聽說有五百馬力的BMW。只怕萬一，我們買了全額保險。

租車櫃檯小姐，輕鬆的把車鑰匙交給我們。她叫我們直接拿著車站地圖，去複雜又龐大的車站裡，找停車場和車子，完全不需要跟我們檢驗車子。如此省事的手續，倒也增加了前往無速限公路之前的神祕感。

一旦開上世界著名的無速限Autobahn，居然沒有像想像中那麼刺激！路上既沒有車子像賽車比賽般的爭先搶後、互飆速度、轉彎輪胎擦出火花。車速感覺上也沒有快到讓頭髮站起來、臉皮橫行的往後甩。基本上，路面四平八穩，就跟在一般高速公路上行駛沒有兩樣！好像，在沒有管制的高速公路上，開車的人們反而更文明、更有自制力了。

當丹尼告訴我們，他一分鐘開到時速一百八十公里、直逼兩百公里時，我們完全沒有任何感覺。唯有一聽到「兩百公里」，大家立刻抓緊車門把手、降低講話聲量。好像，講話太大聲，車子會飛起來似的。

從一分鐘奔馳兩百公里的Autobahn，駛入德國「羅曼蒂克大道」上，被譽為「中世紀明珠」的羅騰堡。感覺像是從超現實公路掉進了童話故事裡！

她讓我想起迪士尼電影《美女與野獸》裡的法國浪漫小鎮Alsace。在保存完美的古建築鎮裡，我們漫無目的的放空漫步。

那段時間，完全屬於我們和那個小鎮。沒有人的彎彎巷子，路邊咖啡館戶外的那幾張桌子，木頭窗台上七彩繽紛的幸福小花。七百多歲，凹凸不平，已經磨亮了的石磚地。各家商店門口，吊掛著一個個雕刻成老式卡通模型，如靴子、乳酪、帽子等，代表著店內銷售商品的銅牌，隨風搖晃著。香氣撩人，某家院子裡過盛的淡粉色玫瑰，還有薔薇。涼涼乾爽的早秋空氣，靜靜的。走著走著，不自覺的已經徹底陶醉在這裡。離開夢幻似的羅騰堡，再上Autobahn，開回到紐倫堡車站前的露天停車場時，我們叫了警察。

當時已近黃昏，租車櫃枱人員也換了班。服務人員拎著螢光筆，開著手機燈，走到車旁，動作歷練的在ＢＭＷ車身的前後左右，迅速的畫了幾十個圈圈。同時，對圈圈拍照。

站在一旁的我們是一頭霧水。

接著，租車人員機械式的宣布，「你們在車子上刮了幾十個刮痕，必須要付賠償金，會從你們的信用卡上扣款。」

「我們開了大半天的車子，沒有碰到任何東西。」

「為什麼你們早上的櫃枱租車人員，沒有陪我們一同去停車場，檢視車況？」

「我們如何確定車上的刮痕，不是在我們租車之前造成的？」我接二連三問。

「反正你們有全額保險，保險公司會幫你們負擔全部賠償費用，不用怕啊！」租車人員回答。

丹尼要求租車人員，打電話給早上租車給我們的女服務員，先搞清楚狀況。但租車人員立刻說：「她已經休息了，無法聯絡。」

接著，丹尼請他打電話叫警察來。

他支支吾吾抱怨著，似乎覺得有點小題大作。

這時，丹尼突然在火車站前的露天停車場，對著這時已由黃昏轉為寶藍色的滿天星空，大叫「Polizei! Polizei!」（丹尼的德文：警察！警察！）。嚇得服務人員立刻聽話的打電話叫警察。

三位高瘦帥哥美女警察三分鐘就抵達。他們面帶微笑又專業的聽了兩邊的故事後，溫和的請租車人員打電話給公司，報告現況。

打完電話，租車人員說：「公司說，你們不需要賠償了。」

Autobahn 無速限探險，就在與三位年輕有禮、主持公道的德國警察開心合照後，劃下了完美的句點。

四人一起自由行就是這麼好玩，有很多時間放空發呆、各自亂走，慢慢的發覺一個城市，當然還會不時的講一些五四三。

在路途中，可以無速限的圓夢。可能被租車公司罰款，也可能被警察解救。沒有導遊的行程，自己玩。永遠有意想不到的驚喜，還有自由自在的學習。

後記

距離前一本書，這本書花了很長的時間才完成。每一篇文章，記錄著最貼近我心的人事物，每一個故事講述著我的人生。

在第一本書《人生好比粉圓冰》和這本書裡，想念著自己的父母親，和東門町的家。更有我懷念的小時候，嘉義東門町眷村成長的幸福時光。

而全職媽媽根本不曾出現在我的人生規劃中，任誰都不會想到要放棄高薪又熱愛的工作，回家當媽媽。但那是我人生最豐富的時光。看到兩姊妹健康快樂的成長，曾有過任何辛苦都化成滿滿的幸福與喜悅。感恩有姊姊和妹妹的陪伴！

菜鳥生涯何其多，對於我來說更是不勝枚舉。不論是做媽媽、整頓牙齒、游泳、滑雪、網球、跳肚皮舞、初老……都有許多的課程要修要補。家裡有個好學不倦、退而不休的先生。丹尼、根本就是我的對照組。每天看著他動不停，一點不嫌累，感覺人生充滿了無限可能和希望。我亦讓自己行程滿檔，樂享每一天。現今與喜來登和溫蒂正在規劃下一趟旅程。

本書能夠出版要感謝許多人。

最有才華的學姊丁乃箏導演，在執導舞台劇《暗戀桃花源》和《如夢之夢》之餘，百忙中還幫我寫序。東門町眷村之光黃奎博教授，是我童年錯過的鄰居，願意從文章中認識我，幫我寫序。

城邦出版集團第三事業群總經理凃玉雲，永遠是第一個讀我文章的三十年好友，並幫我出版過三本書。她更是我的老師。在我對自己寫作缺乏信心時，她總是滿滿的鼓勵，要我繼續寫下去。

馬可孛羅總編輯郭寶秀，這次花了很大的功夫，協助安排資深編輯林俶萍，擔任本書的編輯；安排城邦印書館的桂敏和靜怡，負責印刷和通路行銷。

為了這本小書，寶秀、俶萍和我三人在東區的一家咖啡館，開會兩次，一聊就是五小時。特別要感謝俶萍。在這本書之前，我們倆素昧平生卻因為文字，一見如故。她了解我的故事、尊重我的文章。

謝謝兒日設計，負責書封面和編排設計。謝謝在柏林做品牌策略首席設計師的大女兒。透過視訊，跟著我一起一字一句的辛苦讀中文。兩地時差，加上閱讀中文耗時，每次母女視訊，最多只能夠讀一篇文章。有時，我一邊讀，女兒在手機那頭幫我畫小插圖，十分甜蜜感動！

感謝父母。感謝書中提到的家人、朋友、鄰居及所有的人。每一位都是我的啟發。

最後，我要謝謝我的先生，丹尼；和兩個女兒，姊姊和妹妹。他們永遠是我最強大有力的後盾。我的老師、我的啦啦隊、我最心愛也是最愛我的家人。謝謝他們！

李家小舖的奶酥麵包

作者｜顧澄如

文編｜林俶萍
美編｜兒日設計

出版｜城邦印書館股份有限公司
104 台北市中山區民生東路二段 141 號 B1
電話｜02-2500-2605
傳真｜02-2500-1994
網址｜http://www.inknet.com.tw

發行｜聯合發行股份有限公司
231 新北市新店區寶橋路 235 巷 6 弄 6 號 4 樓
電話｜02-2917-8022
傳真｜02-2915-6275

出版日期｜一版一刷 2022 年 12 月
定價｜380 元

國家圖書館出版品預行編目(CIP)資料

李家小舖的奶酥麵包/顧澄如著. -- 一版. -- 臺北市：城邦印書館股份有限公司出版；新北市：聯合發行股份有限公司發行, 2022.12
面； x 公分
ISBN 978-626-7113-57-8(平裝)

863.55　　111019490

城邦印書館 cité E-printing www.inknet.com.tw